宿《やど》東《ひがし》　伍《ご》望《ほう》

ジジイの労災無法ものがたり

文芸社

目次

はじめに……5
一　身体障害者、高齢者の労災は裁判官にのみ拘束される……9
二　厳しかった五十三歳の就活　臨時製本工から、最初の脳内出血……25
三　入社四年後の強制違法残業下での脳内出血……69
四　最初の脳内出血の事件より二回目の事件までのエピソード……97
五　強制残業下の二度目の脳内出血事件　退院即違法解雇……189
六　裁判とは何なのか……241

はじめに

私は太平洋戦争中に山手線の外側の下町で、生まれ育ちました。

私は二回目の強制残業中に脳内出血で倒れた後の、親類の法事のビデオを見てましたら、皆さんは「私は酒が好きだから、酒の飲み過ぎで倒れたんだね」と話しておりました。私は最初の事故の十年前より、月曜から金曜までは禁酒をしてました。土日しか飲酒をしてません。皆さんは私のことを誤解してました。

私が二度目に倒れたときは、私は会社で一番の高齢者の六十五歳で、その上身体障害者四級の身体でした。会社は正社員と私以外の臨時工は正規の五時で帰宅させました。私には残業しなければ『明日から来なくてよい』と指示されたので会社に残りました。

事業主は『私に残業させるために、夕食を取った』と法廷で証言しています。

ただし判決は【原告が望まない残業を、無理矢理やらせたという事実を認めることはできない】とされ、残業中の事故ではないと判断してます。

事業主は『臨時工が倒れたのは六時頃で、すぐ救急車に電話した』と回答書に署名捺印していますが、救急隊の受信記録は八時九分です。会社の【すぐ】は二時間です。

私はこの時、六十五歳の臨時工なので【高齢者使用配慮義務違反】及び四級の身体障害者なので【身体障害者使用配慮義務違反】を強く法廷で裁判官に訴えました。

しかし判決は、『被告には、原告に対するイジメ行為自体を認めることが出来ず、イジメや、不当な取り扱いを理由とする【安全配慮義務違反】、【職場環境整備義務違反】は認められない』と判断しています。そして私は一級の身体障害者に成りました。

事業主は私が六時に倒れてすぐ電話したと署名捺印してます。救急隊は八時過ぎに受信したと証明しています。二時間も私を放置した会社が【安全配慮及び職場環境整備義務違反でない】と判断しています。一般の常識では【すぐ電話】の『すぐ』は二、三分と考えます。裁判所の「すぐ」は二、三時間と判断しています。流れの単位が違うのです。

チコちゃんより『ボーッと生きてんじゃねえよ！』と叱られます。弱い労働者は裁判所では救われず、ブラック事業者は裁判所を通ることで真っ白なホワイトになるマジックというか、魔法が東京地方裁判所の『風土』なのです。

古代より下町では『かんのんさま』と庶民の間で、欲張らないこと。約束を守ること。怒らないこと。なまけないこと。気を散らさないこと。という『結縁』で結ばれております。そのため、『かんのんさま』の大慈大悲の澄んだ聖なる目により、私達はまともな道に導かれています。

ブラック企業やブラック裁判官には『結縁』は有りません。そのため大慈大悲のない道を進んで行くと思っています。

定年後七十歳まで働けといわれています。働けといわれているだけで、その間守ってくれるとは政府は言っていません。無理な指示をされたときは、逆らって解雇してもらい、マスコミを味方にして不法行為として労働基準監督署に訴えるか、マスコミが味方にならない時は、自分から進んで辞める勇気をもって働いてください。倒れてからでは遅いのです。私と同じ身体になってしまいます。

労働安全衛生法六十二条【中高年齢者等についての配慮】事業者は中高年齢者その他労働災害の防止上その就業に当たって特に配慮を必要とする者については、これらの者の心身の条件に応じて適正な配慮を行うように努めなければならない。

平成二十二年四月、最高裁で確定した判決【マツヤデンキ事件】『労働者は必ずしも平均的な能力がある訳では無く、障害を抱える人もいる。障害者の就労に企業が協力を求められる時代に、労働者本人が基準となるべきだ』と判示しています。
これからは定年後、七十歳まで働く時代になりました。どうか、私のような身体にならないでください。

【自分の身体を守れるのは、自分だけです】

【危ないと思ったときは、自分から進んで辞める勇気を持って働いてください】

【普通より時給の高い企業は、ブラック企業と疑ってみてください】

【就業規則を開示しない会社はブラックです】

一　身体障害者、高齢者の労災は裁判官にのみ拘束される

すべての労働者は、すなわち正規雇用、アルバイト、高齢者、障害者等に関わらず、法律のうえでは全員平等に守られ、同一の権利が保障されています。

一の一

その法的な根拠は、まず労働基準法の以下のような条項です。

労働基準法第三条【均等待遇】使用者は、労働者の国籍、信条又は社会的身分を理由として、賃金、労働時間その他の労働条件について、差別的取扱いをしてはならない。

同第五条【強制労働の禁止】使用者は暴行、脅迫、監禁その他精神又は身体の自由を不当に拘束する手段によつて、労働者の意志に反して労働を強制してはならない。

同第十五条【労働条件の明示】使用者、労働契約の締結に際し、労働者に対して賃金、労働時間その他の労働条件を明示しなければならない。

同三十二条【労働時間】①使用者は、労働者に、休憩時間を除き一週間について四十時間を超えて、労働させてはならない。②使用者は、一週間の各日については、労働者に休憩時間を除き一日について八時間を超えて、労働させてはならない。

同第三十六条【時間外及び休日の労働】使用者は、当該事業場に、労働者の過半数で組織する労働組合がある場合においてはその労働組合、労働者の過半数で組織する労働組合がない場合においては労働者の過半数を代表する者との書面による協定をし、これを行政官庁に届け出た場合においては…略…その協定で定めるところによって労働時間を延長し、又は休日に労働させることができる。

同三十七条【時間外、休日及び深夜の割増賃金】①使用者が、第三十三条……略……により労働時間を延長し、又は休日に労働させた場合においては、その時間又はその日の労働については、通常の労働時間又は労働日の賃金の計算額の二割五分以上五割以下の範囲内でそれぞれ政令で定める率以上の率で計算した割増賃金を支払わなければならない。③使用者が午後十時から午前五時までの間において労働させた場合においては、その時間の労働については、通常の労働時間の賃金の計算額の二割五分以上の率で計算した割増賃金を支払わなければならない。

同三十九条【年次有給休暇】使用者は、その雇い入れの日から起算して六箇月間継続勤務し全労働日の八割以上出勤した労働者に対して、継続し、又は分割した十労働日の有給休暇を与えなければならない。

同第百八条【賃金台帳】使用者は、各事業場ごとに賃金台帳や、賃金計算の基礎となる事項及び賃金の額その他厚生労働省令で定める事項を賃金支払の都度遅滞なく記入しなければならない。

同第百九条【記録の保存】使用者は、労働者名簿、賃金台帳及び雇入、解雇、災害補償、賃金その他労働関係に関する重要な書類を三年間保存しなければならない。

一の二

労働安全衛生法による規定には次のようにあります。

労働安全衛生法第二十条【事業者の講ずべき措置等】事業者は、次の危険を防止するため必要な措置を講じなければならない。

一、機械、器具その他の設備による危険。

同五十九条【安全衛生教育】事業者は、労働者を雇い入れたときは、当該労働者に対し、厚生労働省令で定めるところにより、その従事する業務に関する安全又は衛生のための教育を行わなければならない。

同六十二条【中高年齢者等についての配慮】事業者は中高年齢者その他労働災害の防止上その就業にあたって特に配慮を必要とする者についてはこれらの者の心身の条件に応じ

て適正な配慮を行うように努めなければならない。

同六十六条【健康診断】事業者は労働者に対し、厚生労働省令で定めるところにより医師による健康診断を行わなければならない。

同六十六条の三【健康診断の結果の記録】事業者は、厚生労働省令で定めるところ、…略…による健康診断の結果を記録しておかなければならない。

同六十六条の四【健康診断の結果についての医師からの意見聴取】事業者は…略…による健康診断の結果に基づき当該労働者の健康を保持するために必要な措置について、厚生労働省令で定めるところにより医師又は歯科医師の意見を聴かなければならない。

同六十六条の五【健康診断実施後の措置】事業者は前条の規定による医師又は歯科医師の意見を勘案しその必要があると認めるときは、当該労働者の実情を考慮して、就業場所の変更、作業の転換、労働時間の短縮、深夜業の回数の減少等の措置を講ずるほか…略…

労働時間等設定改善委員会への報告その他適切な措置を講じなければならない。

同六十六条の六【健康診断の結果の通知】事業者は、第六十六条第一項から第四項までの規定により行う健康診断を受けた労働者に対し、厚生労働省令で定めるところにより当該健康診断の結果を通知しなければならない。

同六十六条の七【保健指導等】事業者は、第六十六条の…略…健康診断の結果、特に健康の保持に努める必要があると認める労働者に対し、医師又は保健師による保健指導を行うように努めなければならない。

一の三

そして労働契約法には以下のように定められています。

労働契約法第三条【労働契約の原則】労働契約は、労働者及び使用者が対等の立場における合意に基づいて締結し、又は変更すべきものとする。

同第四条【労働契約の内容の理解の促進、書面確認】使用者は、労働者に提出する労働条件及び労働契約の内容について、労働者の理解を深めるようにするものとする。

②労働者及び使用者は労働契約の内容について、できる限り書面により確認するものとする。

同第五条【労働者の安全への配慮】使用者は、労働契約に伴い、労働者がその生命、身体等の安全を、確保しつつ労働することができるよう、必要な配慮をするものとする。

同第十六条【解雇】解雇は、客観的に合理的な理由を欠き、社会通念上相当と認められない場合は、その権利を濫用したものとして、無効とする。

一の四

私は東京オリンピックの後に紙製品加工会社に就職しました。その当時の中小企業では、【就業規則】を備えている企業はまだ少数で、そのため、どこが主催者だったのかの記憶は、はっきりしませんが【就業規則作成説明会】が実施され、私は何回か出席し会社の就業規則を、作成いたしました。

そのとき講義の先生の余談の中で、次の話が強く印象に残っています。『労働者が裁判所に訴えても事業者が必ず勝つ方法があります。それは会社の定款に【裁判は東京でのみ受ける】と記載するだけです。東京、大阪の裁判所では、ほとんど事業者に沿った判決が出ます』仙台や名古屋で裁判を起こすと労働者に沿った判決の出る可能性が高いという話でした。

そしてこの言葉は事実だと思うようになり、このことは長年続く、【東京地裁の風土】で、弱い労働者は法律を守っても裁判官には守られず、悪質なブラック事業者は法律を守らなくても、裁判官には丁寧に守られるのが【東京地裁の風土】なのです。

平成二十六年の衆議員選挙の【一票の格差裁判】が最大二・一三倍であったことを巡り選挙無効を求めました。私は一・九倍までが合意であり、二倍からは違憲と思っていました。

この結果は合憲判断が東京、大阪、広島と高松であり、違憲状態の判断は札幌、仙台、名古屋、福岡でした。硬論に聞こえることを承知で言えば、名古屋や仙台でなければ勤労者目線の判断はないのです。裁判はその場所によって、裁判所のもつ『風土』が違うと思うようになりました。

最高裁で確定している身体障害者使用配慮義務は、名古屋高裁ではマツヤデンキ事件で確定しています。しかし、東京では裁判官に弁護士よりわざわざ伝達しているのにもかかわらず黙殺です。六十五歳の高齢者配慮は法で認められており、障害者配慮も最高裁で確定しています。にもかかわらず都が認めた障害者が障害者として認められない、六十五歳が高齢者と認められないのが東京地裁の風土です。

一の五

裁判所の小さくて狭い会議室で、事業者の弁護士、私の弁護士、車イスの私、介護の私の妻、裁判官、書記官が机を囲み【公判前整理手続き】をしました。

裁判官の最初の一言『この裁判はどのような内容ですか』。私はこの一言で全身が凍りついて悪寒を感じました。【訴状】は何のために出したのか、裁判官は訴状を抱えているだけで読んでこないのはなぜなのか。一般人には考えられません（この質問が裁判の一つのショーだと知ったのは、裁判が終わってからです）。

私の弁護士は即座に『本事件は会社の不法行為に基づく損害賠償の請求と、合わせて在職中の時間外労働についての不払いの割増賃金の支払いを求める事案です』と申し述べました。

裁判官は間をおかず『昨今の時間外労働事件では、時給自体が未払いで時給自体の請求がほとんどです。今回は時給を支払われているのに、さらに割増手当の請求まで争うのですか』という内容の質問がありました。

私の弁護士は『時間外割増手当の請求は、法で決まった臨時工の正当な権利です』と話しましたら、裁判官は事業者の若い女子弁護士をじっと見てから『次の会合はいつにしますか』と話して、この日は終わりになりました。

時間外割増手当の請求は労働基準法第三十七条に明確に定められている労働者の権利なのに、裁判官は取り下げるように言ってきました。私はこの時点で、この裁判は負けたと思いました。これが【東京地裁の風土】なのです。

一の六

私は最初の脳の病気の事件を労災として労働基準監督署に訴えようと思って、友人の社会保険労務士に相談しました。友人は『この事件の会社は某団体に入っているので、労働基準監督署の内部で話が進んで、あなたは訴えても負けてしまうでしょう。そのうえ、会社からは労働基準監督署にあなたが訴えてあなたが負けたことにより、会社から名誉棄損で訴えられ、そのときは必ず負けて多額の賠償金を取られることを覚悟するように』と言われて、労災申請は諦めるほかありませんでした。

二度目の脳の病気の事件のとき、弁護士さんに労働基準監督署に労災として訴えたいと話しました。そのときの弁護士さんの返答も、前に友人に相談したときの内容と同じで、『名誉棄損で訴えられる』でした。それで弁護士さんより『裁判なら、たとえ負けても名誉棄損で訴えられることはないので、裁判にしましょう』と言われて裁判になりました。

その結果、裁判官は事業者の不法行為に対してすべて【不当でない】の一言で、合法と判断しています。ただ、身体障害者一級の身体では、再審しても体力が続かないのと、たった一回裁判所に行くのにさえ介護者がいないとどうにもなりません。また［車イスタクシー」を借りるのに一回に三万円近くかかりますので諦めました。

一の七

私のたった一回の口述後に、事業者側の口述や反論が行われ、私の反論はすべて口述でなく陳述書でした。しかし私の陳述書は反論の証拠としては採用されていません。

裁判官は事業者の口述のみを重視し、私の真摯に書いた陳述書は読んでもらえなかったように考えられました。

速記録では、私の口述は六十三頁。事業者は百十一頁で、私の口述の反論は事業者に対し五六%という不平等な聴取のもとで判断されています。速記録しか証拠として採用されないのなら、私の反論も事業者と同程度の頁数にさせなかったことの意図的な不平等な判決導入と私は思うしかありません。この事も【東京地裁の風土】と思いました。

一の八

私は証言台の真横で事業者側の証言者のすべてを見ることができました。事業者側が証言中に嘘をついているときは、各自個性的なふだんとは違う動きをしていました。
A　嘘をついているときは、足が貧乏ユスリをする。
B　嘘をついているときは、足の上の手の指が貧乏ユスリをする。
C　嘘をついているときは、肩がピクピク動いている。

裁判官は、この癖が表れているときの証言を証拠として採用しています。それだけに、動画記録装置を裁判所は置くべきです。私のように裁判官が一人のときは特にそう思います。

一の九

裁判所で面白いことが判りました。私は着くとすぐ【車イストイレ】に行きます。十数回行っても、たいてい使用中なので出てくるまで待たされます。【車イストイレ】のトビラが開きます。そうすると必ずガードマンの制服、制帽を持った人が済まなそうな顔をして出てきます。なぜ裁判所では毎回ガードマンのような人が【車イストイレ】から出てくるのだろうか。

一般の公園などの【車イストイレ】で健常者が出てくることは、まず、あり得ません。それゆえ、なぜ裁判所ではガードマン風の人が必ず出てくるのが不思議でした。

答えは簡単でした。【車イストイレ】のマークが付いているから車イス利用者しか使用しないという先入観に捕らわれているからです。

車イストイレには、車イス【専用】とは書いてません。専用と決められているわけではないので、健常者が使用してもおかしくないのです。先入観から【車イス】のマークを見ただけで【車イス専用】と、勘違いしているのです。

規則通りなら裁判所のほうが正しいのです。裁判所のガードマンは堂々と出てくれれば、よかったのです。

二　厳しかった五十三歳の就活　臨時製本工から、最初の脳内出血

二の一

私は太平洋戦争中に、山手線の外側の下町で生まれ、育ちました。下町は江戸時代より紙加工所が多く、私の父は文具系の紙製品加工所を経営していました。

私は、中学、高校は『明るく、強く、正しく』がモットーでした。学校の裏通りの窓が開いているとき、能の小鼓や謡の音が耳に入ってきました。『初心忘るべからず』『一期一会』を自分のモットーとして勉学にも励みそのため、能楽が趣味となり、スポーツはクルーザーヨットに乗艇していました。

新幹線の開業直後、父の経営する会社に入社しました。仕事は教わるのでなく、他人の仕事を盗んで見て覚えろと言われ、自分によほど用のないとき以外は、残業は当たり前の時代に育ちました。円高の前までは高級ノート等で輸出に大きく貢献しましたが、【円高での輸出の低迷、アジアからの低単価品の輸入増】で、阪神大震災の前に紙製品加工会社は休業にしました。

そのとき、私は五十三歳。この年齢での就活は厳しく、五十三歳と言っただけで電話は切られました。二十数社のうち、三大新聞の就職欄に掲載されていた山手線の内側の一社のみが面接まで進みました。紙面は『製本工アルバイト募集　時給千二百円　午前九時より午後五時まで　運転免許要　長期あり』でした。

面接は断裁機（危険な紙を切る電動機械）の上で紙をそろえるテストを受けただけで、履歴書を見ることもなく臨時工として採用されましたので、条件を書面で頂きたいと頼んだのですが「書面は出さない。内容は新聞の紙面通り」と言われました。

帰りの電車の中で、もしこの会社に仕事を依頼する立場なら、この会社には頼めないと考えました。社内の床や機械の下はゴミだらけで整理、整頓がなされておらず、煩雑に小さな問題が起こりやすく、それが大きな間違いを起こす環境だと思いました。

ここで働くのは気が進みませんでしたが、他に働くところはありません。選べないのです。

会社は事業主、正社員、臨時工で十人強でした。翌朝、初日なので定時九時より二十分早く行きました。玄関は鍵がかかって開きません。九時になっても誰も来ません。十分後に一番古い臨時工が来て、会社の玄関が開きました。『明日からは遅れてくるように、タイムカードは手書きで九時と書くように』指示されました。ちなみに、役員は九時半頃、社員は十時頃、事業主は十一時頃にやってきます。

夕方、社員は本人の都合のよい時間に帰れますが、臨時工は事業主が一人ずつ『帰っていい』という指示が出るまでは、何時になっても帰ることはできず、臨時工は一緒に帰らせず一人一人帰る時間が違うというシステムでした。そのため、労働条件を書面で出さないのです。

この当時の、時給千二百円は五十三歳の臨時工には魅力的でした。一般は八百五十円の時代でした。この時給の会社は他にはありません。

この会社の経営方針は、その日に入った仕事は納期にかかわらず、たとえば五日後の納期の品物でも、その日のうちに終わるまでは臨時工は帰らせません。

一例を話しますと、その日の夕方に仕事が入って、その納期が翌日の夕方で、翌日の朝の定時から仕事をすれば間に合います。そのうえ、翌日ですと、本文の印刷が乾いて仕事がしやすいのに、残業の食事を取ってその日のうちに仕事を終わらせます。その分、翌朝はブラブラです。

普通の会社ですと残業の割増賃金の多額の支払いで労務倒産に陥ります。私は自分の経験から考えて、残業していて心配でした。

給料袋を開けて潰れない理由が判りました。臨時工で時間的にも、技術的にも成り立っている会社なのに、臨時工には割増賃金を一銭も払わず、そして、午後十時以降の深夜労働は、深夜労働をしてないという形を作るために時給も割増給も、一銭も払わないのです。残業拒否すると『明日から来るな』と、何回も言ったと事業者は法廷で証言しています。そのうえ、有給休暇は臨時工には一日も与えません。この事実はタイムカードと給与表が明確に証明しています。また、法律は『週四十時間』ですがこの会社は【週六日無制限割増無支給労働】で、一般では完全な労働基準法違反、ブラック事業者です。

【判　決】
【不当でない】の、五文字で事業者は合法と判断しています。しかし、【不当でない】、説明は一字も書かれていません。

私は在職中、十三年間に労働の基準となる「就業規則」と、作業標準の平均化のための「作業マニュアル集」の開示と説明を何回も求めました。しかし開示はしませんでした。このことは株式会社なのに「就業規則」はなかったということです。「就業規則」がないのは、私は違法と思いますが、裁判官はそういう配慮はしていません。なくても合法なのです。

この裁判に入って会社の主張する労働の基本及び作業の基本は、裁判になって会社が創作したことであることを付言いたします。そのため、会社の証言の中に「就業規則」と「作業マニュアル集」が一言も出てこないのです。

二の二

入社から五カ月後の土曜日、事業主は得意先とゴルフに行って会社にいません。事業主がいないのが判っているので、偉い人は皆大幅な遅刻をして来ます。臨時工の私は朝から、自分の丁合機のセンサーの調整をしていました。十一時頃、社員が私の側に来て『手を休めて聞くように、これは作業命令です。事業主の許可は得ています。私が講読している新聞を購読するように。拒否したらあなたはクビになります』と言われて、これが会社の業務と言われてビックリです。

私が中学校のとき、お彼岸やお盆には、忙しい父母に代わって参詣し、帰りに山門を出ると、某団体の柄の悪い人たちが屯して、自分のような小さくて弱い子どもに『邪教のところに子どもは来るな』と、駅まで何人にも囲まれイジメられた恐怖感が、幾度か記憶に残っています。

これより私は、この団体を『弱いものいじめ団体』『インチキ団体』と認識するようになりました。この団体が大学を創立するのに宗教学部や仏教学部がなくて、法学部に力を入れていると聞いて『インチキ団体』と確信いたしました。

解雇をちらつかせて、長時間、新聞を取るように脅迫されましたが、抵抗中に昼休みになりました。私は食事を取ろうとして立ち上がりましたが、社員は『お前の食事はない、新聞を取ると言うまで、食べさせない』と長時間絡んできました。私は①新聞を取らないと解雇する、②交換に私の購読している新聞を取ること、と公正証書に残すことと話しました。そうしたら社員は『俺にどんな恨みがあるのか説明しろ』と怒鳴ってきました。

私は長時間の拘束により催してきたのでトイレに行こうとしたら、両手を広げてこれを妨害されました。私はその場でズボンのチャックに手をかけました。それで解放されました。

この後、社員は自転車で馬券を買いに行って、午後四時頃、やっと戻ってきました。

【法廷】

会社答弁書【事実無根である。得意先がキャンペーン中なので皆に新聞の勧誘をしただけです】

会社弁護士「得意先は誰なのですか」

社員『得意先については一切無言。全員にキャンペーン中なので昼休みに、誰か取りませんかと言ったが、取る人が一人もいないのですぐ終わりました』

会社弁護士「臨時工に取るように言いましたか」

社員『言いません。ただ全員に昼休みに言いました』

会社弁護士「全員に昼休みに言ったのですか」

社員『はい』

会社弁護士「会社の全員に行った後に、取る人はいましたか」

社員『一人だけ、一カ月取ってもらいました』

私弁護士「あなたが新聞の勧誘後から、臨時工と仲が悪くなりましたか」

社員『昼休みに皆に、一人ずつどうですかと勧誘しました』

私弁護士「あなたは先ほど、全員に取りませんかと言っただけですが、今の話ですと一人一人に声をかけたということは、臨時工にも声をかけましたか」

社員『はい、かけました』

【判　決】

『社員が臨時工をイジメていたという事実を認めることはできない』

会社は最初【事実無根】と言っていたのが、一人も取らなかったから一人は取ったに変わり。臨時工にも昼休みに【新聞を取るように】声をかけたと明確に証言していることは、すなわち社員が臨時工にイジメをしたことは間違いのない事実です。

二の三

前記の勧誘から二週間後の午前十一時頃、私が紙を切る断裁機の作業を命じられたので、会社では禁じられている安全器を入れて仕事をしている側で、競馬新聞を読んでいた社員が、事業主が入ってくるのを見て、『どけ、俺がやる』と言って割り込んできました。ところが、社員がいくらスイッチを入れても機械が動かないので、あわてて機械の周りを眺めていました。

私が『安全器のスイッチを入れてます』と言うと、社員は『どうして安全器のスイッチを入れた。安全器は使うな。安全器のスイッチを入れるから、お前は仕事が遅いのだ』と言われました。そして、事業主が通っていなくなったので、【安全器】のスイッチを切ったままでの作業を私に命じ、社員はそのまま競馬新聞を読みに戻りました。

【法　廷】

会社答弁書【事実無根であり、そのようなイジメや不当な扱いは一切ない。ただし、仕

事中に、競馬新聞を読んでいたことは事実である】

会社弁護士「安全器のスイッチはいつも入れないのですか」

社員『はい、そうです』

会社弁護士「安全器のスイッチを入れるのかと、臨時工を叱りつけましたか」

社員『いや、そういう叱りつけるとか。やったことはありません』

私弁護士「法で定めた危険な機械の、安全器を入れないのはなぜですか」

社員『あれは、作業を速くするためです』

私弁護士「取扱説明書には安全器のスイッチを入れる、と書いていますね」

社員『はい、しかし、作業を進めるうえでの速さを求めています』

私弁護士「臨時工にスイッチを入れるなと言いましたか」

社員『はい、臨時工もそれからは安全器のスイッチを外して片手で操作はしていました』

私弁護士「それ、具体的にやり取りがあったんですか」

社員『いや、それはないと思いますね。はっきり覚えてないですけど』

私弁護士「入れるなと言ったことも、記憶にないというのが結論ですか」

社員『そういう語調で、言った覚えがないんですね』

私弁護士「そういう語調で言ったことはない。安全器のスイッチはスピードが遅くなるから入れないようにと言いましたか」

社員『……　覚えていません』

【判　決】

『社員がイジメていたという事実を認めることはできない』

会社が【安全器の使用、および安全教育の実施】は、労働安全衛生法で決まっている事実であります。会社が臨時工に安全教育や安全器を使用させないことは、社員の証言により明確な事実であります。そのことは完全なイジメであります。後に入ったあるバイトも、安全器を使わないことに、会社に対して不信感と不安を皆もっていました。

社員は【そういう語調で言ったことはない】と証言していることは、【ない】と言っていること自体。言い方は変わっても臨時工をイジメていたことは証明されます。このような確実なイジメや、不当な行為を裁判官が認めない事実は、この判決自体が事実を見る目が初めからない、臨時工【イジメ】のブラック裁判であるからです。

二の四

私は入社三日目から、本のページを揃える【丁合】専門となりました。会社には三台の丁合機があり私は六十段の一番段数の多い機械専門になりました。私は最初に機械の音を耳を澄まして聞いてから調整して仕事にかかりますので完全な仕事をいたしました。そのため、会社で求められたスピードは二の次で、ページの間違いのない仕事を心がけました。

他の二台の丁合機は事業主側や社員が一切点検することなく使用していました。そのため、私以外の他の者の仕事で間違いが多く発生していました。それはページが合ってなかったり、本文の上下が逆になっていたり、ページが足りなかったり、余計にページが入っているという間違いが毎日出ていました。

これらの間違いについて、私はこれらの仕事をした記憶が一切ありませんでした。ですが、私が一番の新人なのですべて私のせいにさせられました。私だけが臨時工なので間違いが出るたびに『臨時工がまた間違えた』と、言われ続け、私と口喧嘩が毎日始まりました。

このため事業主は、丁合をした者は、丁合を終わった時点で【丁合日報】に記入するように全員に指示しました。その結果、日報に記載のない仕事ばかりで間違いが発生していることが判明しましたが、社員は『臨時工は責任がないから間違いをしている、臨時工は間違いそうな仕事はわざと日報に書かないので、日報に記載のない間違いは臨時工が行った証拠である』と、社員は私に責任転嫁を、相変わらず続けていました。

このため、私は日報にひとつ一つの仕事の【開始時間と終了時間】を記入して、仕事の整合性を確認できるようにしましたが、私への責任転嫁は最後までなくなりません。

【法　廷】

会社答弁書【事実無根である。臨時工は仕事中に私的な日報を記入していた】

私準備書面【社員の間違いの多いことは会社で誰一人として否定していません】

会社弁護士「日報は事業主が指示しましたか、ご存知ですか」

社員『いや、それは聞いていませんね』

会社弁護士「事業主が指示して【丁合日報】を付けるようになりましたか」

事業主『いいえ、ないです、ただよいことなので止めろと言っていません』

会社弁護士「よいこととは、どういう意味ですか」

事業主『後に同じ仕事が来たとき。臨時工がした仕事だけは、前回の内容や納品単価が【丁合日報】から判るんです』

会社弁護士「臨時工より社員の癖にと言われましたか」
社員『何度か言っていました』
私弁護士「社員の癖に何だと、言われたんですか」
社員『何度か言っていました。いや、内容ははっきり覚えてないんです』
●**裁判官**「どういうとき、社員の癖にと言われたか。何かエピソードがあるはずですが、そういう記憶はありますか」
社員『記憶、ないです』

【判　決】
『正社員が臨時工をイジメていたという事実を認めることはできない』
社員の常識では考えられない、あまりに多い仕事の間違いが根本にあります。そして、会社内で誰も、社員の間違いの多さを、否定していません。社員の間違いがなければ日報は書く必要はありません。また、事業主は【日報の記載を指示してないが。よいことなので止めろと言っていません】というのは、記載指示を出しているのと同じです。

正社員は私の弁護士の質問に『何度か言っていました』と返答していることは、確かな記憶があるからで、裁判官の質問に『記憶はない』は不自然であり。『記憶はない』なら、『何度か言っています』の【何度か】は判らないはずであります。従って、社員の臨時工へのイジメは事実と判断すべき性質の発言です。裁判官の正社員の見方は偏見に基づいており正しくないと考えるべきです。

二の五

会社で一番の顧客から【仕事A】が発注され午前中に印刷物が入荷して、その日のうちに私が丁合を終わらせて、翌日の午前中に社員が仕上げて納品する予定でした。しかし、印刷物が入ったのが六時間も遅れた夕方なのにもかかわらず納期は変わらないということでした。

そのため、私が丁合を今晩中に終わらせなければ納品できません。事業主は私に深夜労働を命じておきながら、私の残業食は頼まずに黙って帰宅しました。

社員は同一の会社の【仕事B】を受注し、明日納品の商品がA４判の中にA３判のZ折した本文が入る特別な製本で、今日中に社員が数時間かけてA３判を折り、私が翌朝からZ折を本文の中に入れて丁合を取り、そばから社員が仕上げて明日中に納めることになりました。そのため、臨時工の私と社員の二人だけが深夜労働となり、会社に二人残りました。

午後七時に社員は『事業主がいないと夕食は出ない。自分は食事に行ってくる』と言って出かけました。午後八時と九時に顧客より電話がかかってきました。Z折がどの程度進んでいるかという内容でした。私は正直に『社員は七時に食事に行ったきり帰っていないので、折は何も進んでいません』と答えました。

翌日、事業主が言うのには『事業主がいないときに社員に食事を出すと、社員は会社の仕事は何もしないで、社員の入っている某団体のコピー等個人の雑用だけして帰るので事業主のいないときは食事は出さないことになっている』と言われました。このことで真面目に深夜労働をしている臨時工には説明もなく、食事をさせずに仕事をさせることは明白に不当な扱いであり、イジメであります。

この夜、社員からは連絡はなく、会社の鍵は社員が持っているので無人にして食事に行くこともできませんでした。やっと四時間後の午後十一時頃、社員が個人の車で戻ってきました。わたしは『どうして四時間も食事にかかったのか、なぜ連絡をしないのかと』質問しました。

社員は『金がないので自宅に戻って食事をしてきた。社員が臨時工にワザワザ連絡する必要はない。臨時工が食事をしたかったら会社を留守にして行けばよい。私はこれからZ折を数時間かけて仕事をする。終わったときには電車がないので車で戻った』。

私は深夜手当がつかない仕事を終え、真夜中にタクシーで戻り午前二時過ぎに自宅で食事を取りました。この食事の仕方は正常でなく、会社の【不当なイジメ】であります。

翌朝三十分前に会社に行きました。しかし、社員は仕事を何もしないで帰っていました。九時に昨晩と同じ顧客から電話が入りました。私は『社員は毎朝遅刻して来るので、十時過ぎに電話してください。なお、昨晩、折は何もしてません』と返答しました。

十時過ぎの顧客からの電話には、社員は『昨晩折機が故障して朝までかかって直しました。今折は始まってますから、夕方までに折って、今日中に丁合を取って、明日朝から仕上げて午前中に納品いたします』と語っていました。これだと間違いなく、飯抜きで深夜手当のつかない仕事を、私一人でさせられます。この日も、事業主は食事を頼まないで私と社員の二人だけに深夜労働を指示して夕方帰宅しました。

午後七時に会社内を見廻しましたら社員はいません、ただタイムカードは帰宅になっていません。昨晩、社員は無人にして食事に行くようにと言ってました。張り紙【金がないので家で食べます。丁合進めてください】これを作業台に置き、電気を消して、玄関のカギは持ってないのでそのままで帰りました。家で食事をしたら昨日からの疲れで寝てしまいました。

翌朝、丁合は何も進んでいませんでした。社員は顧客に『昨晩、今度は丁合機の調子が悪いので、今日の午後までに丁合を終えて、今日中に納品します』と電話で連絡していました。

事業主や社員のいつも口うるさい【納期を守れ、納期を守れ】は何だったのか。事実は臨時工イジメの道具のひとつにすぎないのです。

【法　廷】

会社答弁書【事実無根である。証明のために社員全員のタイムカードのコピーを渡します】と主張しています。しかし、なぜかタイムカードは提出されなかった。

私弁護士「臨時工と二人で残業したことはないと言っていますが、確かな記憶ですか」

社員『はい、確かだと思います』

私弁護士「そしたら、タイムカードを出せますね」

社員『はい』

私弁護士「必ず、出して頂けますね」

社員『はい、必ず出します』

私弁護士「夕食の注文は誰がやりますか」

事業主『私がやっていました』

【判　決】

『社員が臨時工をイジメていたという事実を認めることはできない』

会社答弁書および社員はタイムカードを提出すると、明確に発言しているのに出していない。タイムカードを見れば事実が判明するので、裁判官の描いた絵に当てはまらないので裁判官はタイムカードの提出を要請しないのです。

臨時工ということで、深夜労働を食事を取らさずにさせたこと。深夜十二時まで臨時工一人だけで仕事をさせたことはタイムカードで明確であり、会社は監督責任放棄であり、違法であり、社員のイジメというより、会社自体の不当な取り扱いであり、イジメでありますす。しかし、裁判官は食事のない残業はしたことはないと思います、食事なしの労働がどんなに酷いものか裁判官は理解できないのです。そのような理解なのでイジメでないと判断しています。

二の六

事業主より日曜出勤を要請された。会社は法定の【週四十時間労働】でなく一般でいう【週六日無制限時間労働で、そのうえ時間外割増手当給はありません】。これが私が休日出勤を拒否した本当の理由です。私は会社で一番の高齢者で、そのうえ臨時工なので若い正社員に働いてもらうように要請しました。事業主はＢ４判の仕事で正社員は給与は高くても技術はなく無理なので、私にやってもらいたいと言ってきました。また特別に、休日出勤割増手当を、法律より少ないが二割五分は払うと、そして正社員を助手として仕事をするように言われました。私は臨時工なので、会社の鍵は持っていません。鍵がないので会社には来れませんと断りました。事業主は本人の持っている鍵を私に渡して、休日出勤を指示いたしました。

翌日、預かった鍵で九時前に会社を開けましたが、事業主側の人も、社員も、私以外誰も来ていません。十時に社員が一人来ましたが、その社員は私の助手どころかすぐに競馬新聞を読み始めて、臨時工の私が社員に指示する空気ではありません。私の丁合機の音だけが聞こえる中で、十一時半頃、電話がけたたましく鳴りました。

暫く鳴っている中で、社員が仕事中の私の側に来て『早く電話に出ろ』と言ってきました。私は「仕事中であり、電話に出ても電話の内容に決定する権限は臨時工にはありませんので私が出ても無駄です。競馬新聞を読んでいても、決定権のある社員が出るべきです」と指摘すると、社員は『電話に出ろ。これは命令だ。どうしても出ないのなら、明日から会社に来なくてよい、おまえはクビにしたと事業主に話をする』と脅かしてきました。

私が現在している仕事は、社員では技術的にできないので、クビにしたら一番困るのは会社自体と判っているので、バカらしくなり機械を止めて電話に出るフリをしてトイレに入りました。すると社員はすぐに電話に出て『判った、すぐ帰る』と言って電話を切りました。そして、私に『事業主に急用が出たので家に帰ると言ってくれ。それからおまえはクビだ』と言われました。電話の内容と競馬新聞を読んで手伝わないことからして、このことは自宅で打ち合わせて、一応会社に出る形だけを作ったと思いました。

クビと言われ一人になりましたので、仕事は止めてコーヒーを沸かして飲んでいたら、事業主が来て『なぜ仕事をしないのか』と言ってきました。私は「社員様よりクビになりました。なお、社員は急用が出たので家に帰ると伝えてくれと言われました。私は社員よりクビになりましたので、コーヒーを飲み終えたら帰ります」と言いましたら、『社員に謝らせるから、仕事にかかってほしい。それにこの仕事は社員ではできない』と事業主は言いました。クビにはなりませんでしたが、社員からの謝罪はありませんでした。事業主はその後、三十分ごとに社員の家に電話をかけていましたが、十人家族なのに誰一人も出ないのは、家中で逃げ廻っていると、怒っていました。

【法　廷】

会社答弁書【全て事実無根である。タイムカードを提出します】

私弁護士「あなたが競馬新聞を読んでいたことは覚えていますか」

社員『休日出勤の場合は、時間通りに来るときは言ってきます』

私弁護士「時間を聞いていません、競馬新聞を読んでいましたか」

社員『皆、読むということですね』

私弁護士「電話があって、電話に出ろと言う事実は」

社員『そういうふうな、話し方のあれは、ないんですよ』

私弁護士「じゃあ、どういうふうに言ったんですか」

社員『その休日のときということですか』

私弁護士「そうです、あなたの家からかかってきたようですが」

社員『覚えてないですね』

私弁護士「ということは、こういう言い方をしたことも、覚えてないはずですよね」

社員『いや、私は常にそういう、この書いてあるような話し方はしていません』

私弁護士「じゃあ、どういう話し方をしましたか」

社員『記憶にありません』

私弁護士「臨時工と二人の、休日勤務はないという記憶ですが」

社員『確かだと思います』

私弁護士「そしたら、タイムカードを出せますね」

社員『そうですね』

私弁護士「会社は取っているはずですから、出してもらえますね」

社員『はい、必ず出します』（実際は提出されなかった）

【判　決】

『社員が臨時工をイジメていたという事実を認めることはできない』

私の弁護士の電話の話に対して【そういう風な話し方のあれはないです】と答えていることはこの日、二人の間で口論のあったことを明確に証明しています。そのうえ、どういう風な話し方をしたのか説明しないことは社員が虚偽の話を作り上げているからです。

会社がタイムカードの提出を拒否していることは、この二人の休日出勤の事実が証明されるからです。臨時工一人だけの労働は、事業主が鍵を預けたことで明確であり。事業主が鍵を臨時工に預けたことは、会社側は誰も否定していません。

会社は臨時工一人だけで休日の労働をさせており、監督者のいない職場環境は事業主の職場環境維持義務違反であり、会社全体の【不当な取り扱い】であり、臨時工イジメであります。よって、この判決は事実を見ていない、不当な判断です。

二の七

夕方、翌日の夕方までの納品の印刷物が入荷しましたが、インクが乾いてないのでそのまま断裁すると、断裁機の圧力で紙がくっついてしまい、翌日一枚ずつ丁合が取れなくなるので、私は事業主の兄に相談して【インク乾いてない　断裁するな　明日早朝お兄さんが断ちます】と張り紙して、お兄さんと二人で帰宅しました。この会社は、臨時工から社員に直接意見を言うことは禁じられています。それで張り紙をしました。

翌朝、半分ほどが昨晩、社員の手により断裁されていました。【張り紙】に書いた通り、紙がくっついて仕事が進みません。他の臨時工に手伝いを頼みましたが、他の臨時工は全員、急ぎでない仕事を社員より指示されており、一番急ぎの私の仕事の手伝いをさせる配慮は、社員にはありませんでした。

普通千五百部だと、二回機械を回せば十一時半頃には終わる仕事が、紙のくっつきのせいで昼になっても四分の一くらいしか仕事は進みませんでした。

昼休みになったので食事を取り始めましたら、社員が事業主に『臨時工は遊びながら仕事をしているので、このままでは納期に間に合いません。顧客より何回も納期の確認の電話を頂いていて、いまさら遅れるとは言えません。臨時工には食事をしないで仕事をするように言ってください』と、虚偽の報告をしました。

社員の報告を鵜呑みにした事業主は、臨時工に事情を聞くこともなく、直ちに「何で、メシなんか喰っている、早く仕事しろ」と怒鳴り散らしました。このため、私は昼食なしで、強制的に仕事を続けさせられました。（この昼の仕事は無給扱いです）

なお社員は、そのまま食事をしてから社外に遊びに行き。事業主も言っただけで知らん顔して手伝いもなく、兄だけが食事を止めて手伝ってくれたので、納期に間に合いました。

【法　廷】

会社答弁書【すべて事実無根である】と主張。

会社弁護士「インクの乾いてないものを断裁するな、翌朝お兄さんが断つという張り紙を臨時工がしたと。翌朝になると、もう断裁されていた。それでくっついたということで。こういう張り紙はまずありましたか」

社員『それは、刷り上がりとか、結構入ってきますんで、そういうのはあります。ただ、それは状況を見ながら、急ぎとか、日にちがあるとか、判断しながら聞きながらやっております』

会社弁護士「臨時工が、張り紙をしたことはありましたか」

社員『はっきり覚えてはいません』

会社弁護士「その翌日、インクがくっついて作業がうまくいかなかった。臨時工がのんびり遊びながらしていて納期に間に合わないから、昼も仕事をするように言ってくださいと、事業主にあなたは言いましたか」

社員『いえ、そういうことはありません』

私弁護士「断裁機にかける前に、何か注意することはありますか」

社員『それ、紙の前後のページがちゃんと合っているかどうかを確認しますね』

私弁護士「それぐらいですか」

社員『はい』

私弁護士「そうすると、紙がくっついているかどうかとか、そういうのは見ないんですね」

社員『それはパラと言いまして、めくり上げて、最初だけはやりますね』

私弁護士「何が問題なのかと言うと、インクが乾いてないと、そこに断裁の圧がかかって、紙がくっついちゃいますね。だから、乾いているかどうかの確認はしないのですね」
社員『確認はいつものことです。そういうふうにまだ、乾きが遅いと言うなら、それは何時までというふうに』
私弁護士「乾いているとか、乾きが遅いというのは、誰が知らせてくれますか」
社員『印刷した客です』
私弁護士「で、顧客から運ばれた物は、知らせがなかった」
社員『毎回それはないですね』
私弁護士「そしたら、知らせがないから、あなたとしては乾いているものと思って、そのまま断裁機にかけていったということですか」
社員『そうです』
私弁護士「臨時工の張り紙は、どう、考えましたか」

社員『張り紙自体、記憶にありません』

【判　決】

『社員が臨時工をイジメていたという事実を認めることはできない』

もともとの原因は、大事な仕事の内容について、臨時工から社員に直接話すことを禁じている会社の作業方法です。そのため、張り紙をしました。話をさせないことを会社は否定していません。十人くらいの会社で【張り紙】をする作業方法自体が異常な世界です。

会社の弁護士の最初の質問には、【臨時工の張り紙について、そういうのはあります】と返答し、次は【はっきり覚えてはいません】と答弁しています。

私の弁護士の、インクの乾きの確認について、最初は【最初だけはやります】と言い、次は【印刷した客から知らせがあったら確認する】次は【客からの知らせがなかったから、乾いていると思って断裁した】に変わっており、いつも確認していません。

この問題は、本文用紙のくっつきです。くっつきさえなければこの問題はありません。そして、くっつきを作ったのは社員であることは明白な事実です。

本物の製本工なら、本文を断つときはすべて、自分自身で本文のくっつきや向き等を一回一回確認して断裁機にかけます。社員は本人自身が製本の技術や知識が無であることを証明しています。

事業主が臨時工に食事もさせず、強制的に無給で労働させたことに、事業主も会社の弁護士も、何ら否定していないのは、叱責したことが事実だからです。よって、臨時工をイジメたのは事業主と社員であり、【社員のイジメはない】の判決は、不合理であります。

二の八

ある春の日の午後九時ごろ、顧客から刷り上がった紙の束を持ってきた社員が、私に顧客から預かった見本や指図書を隠したまま、私ならどういう方法で作業するか尋ねてきました。この商品は月に三回ありますが、仕事なので見本か指図書がないと確認することはできないので返事はできませんと、一度は断りました。それでもしつこく聞くので、二冊取だと思います、と答えました。

社員は『おまえは、そういう仕事をするから駄目だ。これは三冊取だ。だから臨時工にはやらせられない』と、根拠も示さず私を侮辱してきました。

この仕事は明日朝から始めても十分な時間があるので、事業主の兄に、『社員の方法では無理があると思います。時間はあるので、明日朝、顧客に確認してから進めるように』と進言しました。

これを受けて兄は役員と社員に、このことを説明し、私が言ったように翌朝、顧客に確認してから仕事を進めるように話してもらいました。しかし、役員は社員に今日中に仕事をするように指示しました。社員が仕事を始めました、私は関わりたくないので、これ以上話しても無駄と思い、これ以上の話はしないで帰宅しました。

この商品が、翌朝、納品後すぐ返品となり戻ってきました。すると、事業主は作業をした役員や社員を叱責せず、私に『なぜ昨晩、役員や社員が納得するまで話をしなかった。お前が中途半端で話を止めず、ちゃんと話をしてれば間違いは出さずに済んだ、お前が途中で帰宅したからこう言うことになった。お前が責任を取れ』と理不尽な叱責をしました。

この丁合機は、一回で六十種の本文が取れます。六十枚で何冊取れるかという問題です。社員は本文二十枚×三冊＝六十枚で三冊取り。私は本文二十枚以上三十枚以下で二冊取りという考えでした。

返品になり、社員が最初に預かった指示書は【本文二十枚＋色紙五枚＝二十五枚】で二冊しか取れません。社員が顧客より本文を預かったときに、見本および指示書を見て、本文とともに色紙を預かってくればよいことなのです。われわれ臨時工は客先で見本か指示書を見て、その場で確認します。完全に仕事に対する、自覚のない社員の、不注意そのものです。社員が見本および指示書を隠して、勝手に仕事をしたことによる間違いです。

よって、私が叱責を受ける理由は何一つ存在しません。

そのため、全員で、一冊ずつ綴じた針金を二個抜き取り、表紙と色紙五枚を指定されているところに手で一枚ずつ入れ、そして、綴じ直して夕方までかかって納品しました。

私は事業主に「役員や社員は私が話をしても聞いてくれません。それで、お兄さんからも話してもらいました。お兄さんの話さえ聞かない二人に、臨時工の私は、どのような話し方がよいのか、具体的な話し方を教えてください」と話しました。

すると、事業主は『お前が、ちゃんと仕事をすればいいのだ』と責任転嫁して、どこかへ行ってしまいました。

【法　廷】

会社答弁書【事実無根である】

会社弁護士「臨時工と社員の間で二冊取とか、三冊取とかという話があって、そもそも、顧客から刷り上がったという電話はあったのでしょうか」

社員『月三回の定期的なものですから、あると思います』

会社弁護士「あなたがその指示書を臨時工に見せずに、どういう取り方をしますかと聞いて、臨時工は二冊で取ると答えたところ、あなたはそういう駄目な仕方をするから駄目だからお前にはやらせない、これは三冊で取らなければならないと言った事実はありますか」

社員『そういう言い方はしていません。仕事の速さということで二冊か三冊取というのは話したかどうかは覚えておりませんけれども、あるかも知れません』

会社弁護士「仕事の仕方として、二冊取か、三冊取かですね」

社員『はい、そうです』

【判決】

『社員が臨時工をイジメていたという事実を認めることはできない』

正社員が顧客からの見本や指示書を隠し、内容を確認しないで仕事をして臨時工に責任転嫁したことです。社員が顧客より本文とともに、本文に入れる色紙を持ってくればよい話なのです。二冊取りは色紙を入れた指示書通りであり、三冊取りは色紙を入れない不良品なのです。普通このような話は絶対ありません。なぜなら見本か指示書がなければ口頭だけでは仕事はいたしません。このような話し合い自体が臨時工に対するイジメ以外にはありません。社員が二冊、三冊の話を『あるかも知れません』と証言しており、この事実を否定していません。社員が仕事の内容を把握していないことを証明しています。

事業主が臨時工に叱責してイジメたことは会社側は一切否定していません。臨時工を叱責したのは事業主であり、判決文に事業主が書かれてないのは、不誠実な判断です。

二の九

これからビックリする話をいたします。

社員は朝、掃除をするのにゴミを作業台や機械の下に隠します、外には出しません。私は音を聞いて、機械の調子を聞き取りますが、この社員は耳栓をします。機械の調子が悪くても本人は気がつきません。それにより大量の不良品を出して会社に損害を与えています。不思議なのは事業主も役員も誰も耳栓を止めろと注意はしないのです。その代わり、われわれ臨時工が注意すると、その臨時工が間違えたと責任転嫁されます。そのため、社員には注意しないで、間違っていても見て見ない振りをします。

勤務中に社員が会社の車で馬券を買いに行きました。その帰りに社員の不注意で、運送屋の車に追突事故を起こしました。このとき、事業主は『事故を起こして、社員の運転の点数は残っているのか、私が駐車違反をしたときに、社員は私の身代わりに警察に行けるのか。仕事のできない社員を高額で雇っているのは、私の身代わりに警察に行くのが本来の仕事なんだ』と言っていました。

役員は『私の車で一杯飲んで帰宅のとき、アルコール一斉検査があったら、社員は私の代わりに運転席に座って身代わりができるのか。それができなければ会社にいる必要はない』と言っていました。

技術がなく仕事ができない社員の本当の仕事は警察への身代わりと、上の者へのゴマすりなのです。

私は臨時工になってから一年が過ぎ、会社に法的健康診断を求めましたが、臨時工は臨時でこの先一年いるとは限らないという理由で健康診断は拒否されました。

また総支給額が月五十万円を超したときに、役員が月五十万円なのに臨時工のほうが多いのはおかしいという話なので、私に正社員になれと言われました。割増賃金がなくて月五十万円は、五十万円÷時給千四百円＝三百六十時間です。これより定時間二百時間を引くと月百六十時間、毎日八時間の違法強制残業です。拒否すれば解雇になります。

正社員になる要件の質問として、まず住んでいる家はと聞くので、持ち家と答えました。家は何坪なのか、ローンは残っているのかと、意味の判らない質問をしたあと、出社、退社、遅刻、早退、休暇、健康診断は自由に行ってよい、ただ社員として毎日の製本全般に責任を持つように言われました。また役員と社員が私の指示下になると言われたので、その点は大事なので、事業主より全員に説明と私への書面の提出を求めましたが、二つとも拒否されました。

私は社員の責任を取らされ、知らないうちに保証人にされるかもしれないと思って正社員になるのは拒否しました。また五十万円を超えると減額と言われたので、四十五万円になったら会社は休むことにして、自宅に待機して金額調整しました。なお、この会社は臨時工には割増給は一銭も出ません。明確な法律違反ですが、これらを決める裁判官は合法としています。

私より後に入った若い臨時工ですが、朝、他の臨時工に九時前にタイムカードを押してもらい、本人は十時半頃に出てきます。それが常態化したので、事業主に報告しました。事業主は『今度定時前に会社に来て、機械の後ろに隠れて事実を確認してやる』と言いました。しかしこの後、理由は判りませんが、正社員に抜擢されました。

彼が社員になってからの変わった行動について話します。会社は新しい機械や車を必要とします。それらを買い入れるときに、約束手形を発行している会社は、何枚かの手形で支払いをします。しかし、この会社は約束手形を持っていません。そのため、リース契約で機械や車を月賦で支払います。その契約のとき、必ず事業主や役員の個人保証を求められ、その人は契約の前に役所に行って個人の印鑑証明か住民票を備えなければ契約は成立しません。

契約の日、事務員は【会社の印鑑証明書】を取りに行って遅刻になります。ただ、役員や偉い社員はいつもの時間に出てきて役所には行ってません。新人の一番若い社員が役所に寄って来ましたので遅くなりましたと話しました。私は彼に住民票か印鑑証明書を取らせて保証人にさせられてないかと聞きました。【会社は心配ない】と言ったそうです。私の余計な心配ならいいのですが。

この後に入った臨時工が、面接での内容を話してくれました。会社はあなたの家は持ち家か、借家か、アパートかと聞かれ、持ち家と答えると、ローンはどのくらい残っているのか、そう聞かれたので、ローンは残っていませんと話しましたら、あなたは社員に採用しますと言われたそうです。しかし彼も、会社の質問が仕事の中身ではなく個人財産のことなので、不気味さを感じて臨時工でなければ働きませんと言って、社員になるのは断ったそうです。

八月の初めにこの臨時工が断裁の仕事で二一〇ミリで切っていたところ、事業主より声がかかり断裁機より離れました。その間に、他の役員が来て断裁の寸法を二ミリ縮めて二〇八ミリで切っても直さないでそのままにしました。臨時工が戻っても側にいた役員は二ミリ縮めたことは話しません。普通は必ず二ミリ縮めたことを話すか、元に直します。臨時工は寸法が変わっていることを知らずに残り全部を断ちました。包装する際に寸法の違いが判り、顧客に聞きましたら、小さくなった分はやり直しとなり、事業主は『寸法を動かした役員より、一度席を立っても確認しないで断裁した臨時工に責任はある。臨時工に全額弁済させる』と言い、本来は役員の責任である百万円を臨時工に責任転嫁しました。

夏休みの前日、彼から一杯飲んで行こうよと誘われました。彼は「会社の仕方はひどすぎる。今月の給料はまともに出ないと思う。今日で辞めることにした。夏休みが終わったら、おばあちゃんの具合が悪いので、よくなるまで休みますと電話してそのまま辞めるよ」と言って、退職届も出さずに辞めました。

彼だけはハローワークの紹介なので一人だけ残業の割増手当がついていました。

三　入社四年後の強制違法残業下での脳内出血

三の一

A　ソニーのノートパソコンがヒットしたときの七月十四日のお盆の日。私は長男で家に仏壇があるので兄弟、親戚が線香をあげに参ります。事業主にこの日は定時で帰宅させてもらいたいと前もって了承を得ていましたが、念のためこの日の三時の休み時間に社員のいる皆の前で定時帰宅の了承を再度、確認しました。

B　午後五時半頃、自宅より電話がかかってきたので、六時半頃退社して、七時過ぎに帰宅できると話しました。その後、役員が来て、【残業の食事は何にするかと聞いてきましたので、今日は今すぐ帰るので食事はいりません】と断りました。

六時半頃、帰宅の支度をしていた私に社員が台車に本文を積んできて、私に作業を指示し始めました。私は事業主より【お盆なので定時で帰宅してよいと、許可をもらっているので帰ります】と残業は断りました。社員は『お盆は八月で七月ではない、この嘘つき。早く仕事しろ。この仕事が終わるまでは帰らせない』と怒鳴ってきました。

社員は『この仕事は役所の仕事なので、技術的におまえ以外にできる者はいない』と言ってきたので、そんなに大事な仕事なら給料が高く、責任のある社員がするべきなので、私は帰ります、と話しました。社員は『俺は事業主から、仕事を進めるのに必要なことは何をしてもよいと言われているので、事業主に話す必要はない。仕事をしなければ明日から来るな』と言って、私が帰るのを両手を広げて妨害しました。

私は社員に事業主以上の権限をもっている説明を求めましたが、その答えは『早く仕事しろ、仕事しないのなら明日から会社に出て来るな』と私を脅かしてきました。私は激しい怒りを抑えて、自宅に電話をかけると言いましたら、仕事が終わったら電話をかけろと言われて、自宅への連絡さえ拒否されました。

C　私はやむなく作業を始めましたが、社員は私が終わるまでは何もすることはありません。することがないので私のすぐ前に張りついて監視を始めました。すぐ夕食の【冷やし中華ソバ】が運ばれてきました。私は帰宅するので食事は頼んでいません。私の分はないので、食事を取るために帰宅しようとしたら、社員より『仕事が全部終わったら自宅で食べろ。今は仕事を進めろ』と言って、水一杯飲むことさえ拒否されました。夏の暑い盛りに食事もさせず水一杯も飲ませなかったことが、この事件の発端になります。

私の帰宅を許可した事業主は【そんな、帰宅許可は知らない】という涼しい顔をして、私には食事をさせずに、私の顔を見ないようにして食事をしており、社員のやりたい放題で、事業主としての職場環境維持義務責任はなく、強制的な残業の、割増給の付かない違法労働を監視つきで無理矢理させられました。社員に邪魔だから離れてくれと頼んだら『今の俺の仕事は、お前が逃げないようにすることで、この仕事が終わるまでお前の側から離れない』と言いました。

D こうして私は、社員による強い監視の下で、午後九時頃私が倒れるまで仕事を強いられました。この間、顧客支給の多量の本文のカラーコピーが乾いてないので、くっつきが出て仕事が進みませんが、社員は見ているだけで私の仕事を手伝うことはありません。そのうえ、全体に責任のある事業主は、私が終わるまでは仕事のない社員三人に、私を手伝わせる配慮はまったくありません。私は違法な時間外労働と【時間外割増手当が一銭もつかず、そのうえ、水一杯も夕食もない労働】を強制され、社員の監視下という捕虜収容所のような異常な事態で作業をさせられた結果、午後九時頃、脳内出血を起こして倒れました。この七月十四日は、お盆で、亡くなった父が家へ帰ってきている日です。意識不明の私の側に父が付き添ってくれました。父は【今日はお盆で父はお前の側にいるから、お前は河を渡ってはいけない】と出てきて意識が戻りました。

私は有言不実行の事業主より、亡き父に命を救われました。この事故で、私は二カ月ほどの入院を余儀なくされ、その年の九月十四日より復職しましたが、脳内出血の後遺症として右上肢機能障害、右下肢機能障害で東京都より身体障害者四級の認定を受けました。

【法　廷】

会社答弁書【臨時工が倒れた時間は夕方の五時から六時です。九時ではありません】

同　社員B（本人はこの時会社に不在）『臨時工はこの日は食事を取ってないので、本人が勝手に残ったので残業ではありません』

会社弁護士「臨時工が脳内出血を起こしたとき、あなたは同じ職場にいたんですか」

役員『ええ、事業主、役員が三名、社員一名、臨時工（本人）一名の六人です』

会社弁護士「倒れたときに、誰かが臨時工を抱えている状況は見ましたか」

役員『社員が倒れないよう救急隊員が来るまで抱えてあげていました』

私弁護士「社員はどこにいたんですか」

役員『そこまでは見ていませんけど、うろうろしながら仕事をやっていました』

私弁護士「うろうろする仕事とは、どういう仕事なのか説明してくれますか」

役員『すみません。間違えました』

会社弁護士「あなたは役所の仕事なので、事業主からやるなと言われているんですか」

社員『そのときのことは、はっきりとは覚えていないんですけれども』

会社弁護士「覚えている限りで教えていただきたいんですけれども」

社員『臨時工がおかしいと言う言葉を聞いて私が見たら、今臨時工が丁合を取った紙がサラサラって、その机からコボれていったのを見て、アッ、いけないという風に思って、彼のところに近づいていきました』

会社弁護士「あなたと臨時工の位置ですが、どのくらい離れていましたか」

社員『五メーターくらいですね。おかしいという声を聞いて見たわけですから』

私弁護士「あなたが臨時工の身体を支えたんですか」

社員『いえ。支えていません』

私弁護士「役員は陳述書に【倒れた後、臨時工が頭を打たないよう、社員が抱きかかえているところは見ました】とあるんですけど、これは事実と違うんですね」

社員『ただ、肩に手をかけていたと思います』

私弁護士「肩に手をかけたら、あなたが倒したことになりますね」

社員『覚えていません』

私弁護士「臨時工の異変が何で判ったんですか」

社員『声を聞いたからです。ちょっとおかしいよと言って』

私弁護士「このとき、あなたと臨時工以外は四人しかいませんから、誰の声か判りますよね」

社員『いや、はっきり覚えていないんです』

私弁護士「声は、臨時工より近いところですか、遠いところですか」

社員『より近いところだと思います』

私弁護士「実際には、臨時工の側にあなたがいたんでしょう」

社員『いや、いませんでした』

私弁護士「臨時工の様子がおかしいよという声を聞いて振り返って見たと、そのときの臨時工の様子はどうだったんですか」

社員『自分自身で確か、何かおかしいんだと言っていたようですね』

私弁護士「あなたの陳述によると、臨時工の声が聞こえたなんてどこにも出てこないんですけれども、話を作っていますね」

社員『多分私の記憶では、何かおかしいよというふうに聞こえていたと思います』

私弁護士「それから、これを見たとき、あなたはどこの地点にいたんですか」

社員『二メーターか三メーターくらい離れていたと思いますけど』

私弁護士「会社弁護士の質問では五メーターと答えていますが、五メーターではないんですね」

社員『はい』

会社弁護士「事業主は作業中は、ほかの従業員を広く見渡す状況にあるんですか」

事業主『ええ、判ります。それで何時間で終わるかもみんな判りますから』

会社弁護士「例えば誰かが監視を続けていれば、事業主は判る訳ですか」

事業主『ええ、そうですね』

会社弁護士「具体的に残業命令をする権限をもっているのは、誰なんですか」

事業主『私だけです』

●**裁判官**「一点確認しますが、社員の仕事には介助が必要なのですか」

事業主『はい。一人、誰か介助を、社員の仕事に。いる人間が必ず側についてやります』

【判　決】

①『一回目の脳内出血までにおいて、臨時工が主張するような臨時工に対する社員のイジメや事業主からの不当な取り扱いについては、これを認めることはできない』

②『確かに会社では臨時工が在職していた当時、臨時工に健康診断を受診させる措置を講じていなかったこと、三六協定を締結しないまま時間外労働をさせていたことは認められる。しかしながら、特に臨時工だけを不当に取り扱ったと評価できるものではない。また、時間外労働についても、事業主が臨時工に残業を強要していた事実も認められない』

①　判決文では『社員のイジメや不当な扱いは認めることはできない』とあるが、私を監視していた社員はこの事件は午後六時前に遭ったと主張している。また、このとき定時に帰った会社にいない社員は『臨時工は食事を取らずに、勝手に残った』と主張している。社員同士で事件の起こった時間が数時間違うことは会社の話は作り話であることを証明している。また、社員は臨時工との距離が五メートルから二メートルに変わっていて、この二メートルは完全なる監視と考えるほかありません。また、役員がこのとき社員は【うろうろしながら仕事をしていた】と監視業務をしていたことを証明しています。また、社員が【今臨時工が丁合取った紙がサラサラサラって、その机からコボれていったのを見て】と証言しているが、紙を受け取る机は元々ありません。紙を受け取るのは専用の受台です、机ではありません。この事実によっても社員の証言は現場を知らない者の勝手な作り話で、事実を捻じ曲げています。判決文に具体的なイジメでない事実や、不当な取り扱いについての内容の記述がないのは、裁判官はそれを具体的に証明することができないからであります。

②　判決文で臨時工に健康診断を受診させなかったこと、三六協定を締結しないで時間外

割増手当の不払いでの時間外労働は合法と認めている。しかしながら、健康診断の不受診、違法な時間外労働は【不当に取り扱ったと評価できるものでない】と記載して、違法行為がすべて合法化されているが、その理由が【不当でない】という五文字だけで弱い臨時工には、不当の具体的な事実を証明しないことは、裁判官として不当であります。違法行為を合法にするのなら最高裁にも、国会にも、労働三法は不要であると声高々に裁判官はマスコミに発信すべきであります。

また、事業主の証言により、事業主は社内を広く見渡せる状態であり、社員と臨時工の間でイザコザから始まって、臨時工が倒れたことも、そのいきさつについても一番よく判っていることとです。それが、職場環境維持義務違反にならないのは不思議です。

また、残業命令を出せるのは事業主だけだと証言していることは【実際は、事業主が社員を隠れ蓑にして違法強制残業を指示】していたのです。また、会社が健康診断不実施のため、私は自分が高血圧症だったことを知りません。法律で定めている健康診断をしていれば、この事件は起こらなかったことと、会社による労働安全衛生法違反は明白な事実なのに、裁判官は合法の判決です。違法な行為を合法としていることが事業主や社員からのイジメであり、不当な取り扱いであることは明白な事実であることを証明しています。

三の二

病院のリハビリの先生から退院後の生活について、復職するのかどうか考えるように言われた頃のことです。面会時間が終わった時間に、そっと事業主と社員の二人で見舞金三万円を持ってビックリする話をもってきました。

会社は脳内出血事件について、その起きた経過と要因についてレポートを提出するよう指示してきました。そして、復職させるかはレポートを見てから決めると言ってきました。私の身体のことは何も聞くことはなく、それだけ話して帰りました。

入院中なので、リハビリの先生しか相談できません。リハビリの先生は「会社がわざわざ書かせるのは、あなたが倒れたのが会社の勤務時間中に、会社指揮下での場所で、社員の監視中に倒れたことは会社が一番判っているはずです。それなのに、会社がレポートを読んだ内容によって復職を決めるということは、会社の意思に沿わずに事実を書けば、会社に復職させないと予想されます。事件が労災でないとアピールし、あなたの首根っこを押さえておこうと考えているのではないか」と言われました。私も会社の今までのやりかたを考えて同意見でした。
私は職場復帰を果たすために、事業主から一番可愛がられている社員とは、別の社員との人間関係が原因として午後四時から五時までの事実を書いて、五時から倒れた九時までのことは何一つも書きませんでした。八月末に病院より事業主に電話して九月の初めに会社で会うアポイントを取りました。当日、次男の車で会社まで乗せてもらいました。このとき、事業主は何も話をしないで私の提出したレポートをその場で読み始めました。事業主は読み終わると私の体調を聞くこともなく『いつから会社に出られるか』と聞いただけでした。私は十日後に復職しますと返答いたしました。
なお、このレポート全七ページのうち、六ページは会社の労働の方法を書きました。

【法　廷】

この裁判では私の書いたレポートの内容が一番の争点になりました。レポートの書き始めの文章で、判決が出たような感があります。

私が書いた原文【医師から**原因を必ず**思い出してくれ、治療上大事だからと言われ】

●裁判官の捏造文【医師から治療上大事なことだから、当時のことを思い出すよう言わ

れ】

私弁護士「レポートを示して、これはあなたが会社の指示のもとに出したものですか」

私『はい、会社の指示で労災を隠すために書かされたと思っています』

私弁護士「レポートには事実と違う部分があると言っていましたが、話してもらえますか」

私『全部同一社員がしたでたらめな労働方法ですが、その社員がしたと言うと事業主は一番可愛がっていたので復帰できないと思いましたので、社員Bの名前を使いました』

私弁護士「このレポートを見て、事業主はなんと言っていましたか」

私『見終わってすぐ、私の体調を聞くこともなく、いつから会社に出られるかと言われました』

私弁護士「これを出したことで、復職になったということですか」

私『はい、そうです』

私弁護士「復職ですが、あなたが是非働かしてほしいと強く希望したんですか」

私『いえ、それはありません。復職のためには、レポートを書いただけです』

私弁護士「じゃ、レポートを読んでその場でいつ出られるかと言ったので、いつから出ますと言ったのですか」

私『そうです。それだけで、その日は帰りました』

●裁判官【確認しますが、あなたが本当のことを書くと復帰を認められないと思って、本当は社員のことを社員Bのこととして書いたと言っていますね】

私『はい』

●裁判官【その理由として、自分で自発的に書いたのですか】

私『入院していましたのでリハビリの先生に相談しながら書きました』

●**裁判官**【なぜ社員でなく、社員Bに替えたのですか】

私『社員と書くと、社員はそんなことはしないと。そんな考えなら復職されない』

●**裁判官**【じゃあ、社員は事業主のお気に入りなんですか】

私『はい、そうです。社員の仕事は事業主へのゴマすりだけです』

会社弁護士「他の方でなく、なぜ社員Bなんですか」

私『社員Bは臨時工にタイムカードを時間前に押させて、本人は一時間くらい遅れて出てきたり。朝のゴミ出しのときは最初に一袋だけ持って、そこでタバコを吸って全部終わるのを待ったり。顧客と話をするのにズボンのポケットに両手を入れてするので客からも、他の臨時工からも嫌われていたからです』

会社弁護士「臨時工の行きつけのバーで社員が飲み代を踏み倒して、臨時工に払わせようとしたことから【飲み逃げドロボー】と言っていることを聞いたことはありますか」

事業主『いつも言っていますが、自分で行ったら自分で払えと、臨時工にたかるなと』

私弁護士「社員が払わなかったことはあるんですか」

事業主『私と飲みに行ったら、もう、私が全部払いますから。ほかのことは判りません』

会社弁護士「お見舞いには行かれましたか」

事業主『一度伺いました』

会社弁護士「レポート提出を条件に、いつ復帰するかと話しましたか」

事業主『十分休養して元気になったら、また、顔出してよと、そういうあれで、別れてきました』

会社弁護士「臨時工のレポートで【一一　九　四】」という日付が入っていますが、これは、事業主が、この日に来るように臨時工に指示したんですか」

事業主『いや、していません』

会社弁護士「どうして臨時工は、このレポートを作ったんですか」

事業主『病院の先生が書けよと言われて、持ってきたので預かりました』

会社弁護士「九月四日の日付になっていますが」

事業主『その日は覚えてません。会社に復職してから暫くして持ってきたと思いますよ』

会社弁護士「復職したのが九月四日ですから、それ以降に出したのですか」

（四日で事業主とアポイントを取り、その日の十二時に面会、そのときに十四日からの復職が決まる。会社答弁書）

事業主『そうですね』

会社弁護士「これを読んで、臨時工が今後勤務を続けることに、事業主として不安に思わなかったんですか」

事業主『続ける………』

【判　決　文】

『臨時工はレポート作成経過について、事業主から作成するように求められて作成した。本当のことを書くと職場復帰が認められないと書いてあるが、同レポート自体、事業主の歓心を得るものはないし、その冒頭に記載された作成経過は【医師から当時のことを思い出すように……事業主に報告する】と明らかに食い違うものであって、臨時工の供述は信用できない』

判決文はこのレポートの作成経過からして、臨時工は信用できない者であると、確信している。なぜならその核心は【医師から当時のことを思い出すように】が証拠とされています。しかし、私はこのようなことは書いていません。確認のため、私の書いたレポートをみて頂きます。そして、裁判官の書いた判決文が、いかに不当な捏造文書か考えてください。

私が書いた原文「医師から**原因を必ず**思い出してくれ、治療上大事だからと言われ」

裁判官の捏造文『医師から治療上大事なことだから当時のことを思い出すよう言われ』

一番大事な【原因を必ず思い出してくれ】を裁判官がワザと消失し、【治療上大事】に
と、意味の判らないように、そのうえ、私が信用できない人間と見えるように作り替えて
います。
私が原因と書いているのは、脳内出血事件の原因が、
①事業者が残業無しで帰宅してよいといった手前、社員を隠れみのにして監視つきの残業
を指示したこと。この件について会社は否定していない。そのうえ三六協定のない違法
残業。
②夜の九時に倒れるまで夕食と、七月の暑い盛りに監視人は水一杯与えなかった。
③事業主は『作業中は従業員すべてを見渡す状況にあり。残業命令を出せるのは本人だ
け』と、証言していることは、事業主としての職場環境維持義務違反は明解です。
また、裁判官は【同レポート自体、事業主の歓心を得るものはない】と、レポートの内
容を読んで考慮することなく決めつけています。このレポート全七頁のうち、六頁は会社
内での社員の働き具合を書いており、事業主は真剣に読んでいました。また、この六頁は
仕事の話で医師が読んでも、まったく理解できない会社内の行動です。そのため、医師の
指示で書いたという裁判官の主張はあまりにもひどいでたらめな作り話です。

私がブラック裁判官に聞きたいのは、私が実際に書いて会社に提出したレポートの原文が証拠として採用されない理由です。

裁判官は私の原文が証拠にならない理由を説明する義務があります。私が書いたのでない文章が、私が書いたとして証拠として採用した理由の説明を求めます。裁判官として職務として国民に説明する義務を避けてはなりません。

私は裁判官より信用できない者と判断されました。そのため、三六協定のない残業も、健康診断不実施や、イジメもすべてにわたって信用のない者の供述は不採用で、会社の行動はすべてにわたって、不法行為も【不当でない】の五文字ですべて合法と判断されました。

裁判官はこの文章を書いた人間は信用できないと判決文に書いてます。そうしますと、この裁判で一番信用できないのは【本ブラック裁判官】です。そして私は国家に金を取られたうえに、本物の裁判官より【裁判詐欺】に遭った、犠牲者であります。

三の三

【判　決　文】

『一回目の脳内出血まで、社員は、むしろ臨時工が、社員をバカにするような言動を取ったり、社員のロッカー内のジャンパーに「ツバ」を吐きかけるなどの嫌がらせをしていたと述べている。さすがにジャンパーにツバを吐きかけられたときは事業主に告げて、注意してもらったと述べている。かかる社員の供述は、臨時工が日誌に社員のことを「バカネ」と記入していること、社員からの訴えを受けて臨時工を注意したとの事業主の供述、臨時工が社員をバカにする言動を見聞きしたと言う役員の供述により裏づけられている。以上からすると、**一回目**の脳内出血までにおいて臨時工が主張するような臨時工に対する社員のイジメや事業主からの不当な取り扱いについては、これを認めることはできない』

判決文は、「一回目の脳内出血まで」と、わざわざことわっているが、実際の時系列を示します。

［ツバ］　一回目の事故より三年後の事件。

［バカネ］　一回目の事故より八年後の事件。

裁判官はなぜこのような、時系列が合わない事件を、一回目の事件の証明とできるのか、明確なる説明を求めるものであります。このままでは一回目の脳内出血事件の証明がないので、一回目以後の［ツバ］と［バカネ］の事件を一回目までの事件の証明に潜り込ませたのであり、時系列を無視した詐欺判決と思うしかありません。

［ツバ＝一回目の事件の三年後の事件］　社員は、私が妻の入院の見舞いで帰った後、私の代わりに勝手に仕事をしてわざと間違えた仕事を、私のせいにしました。社員に「皆の前で謝るまで、毎日ツバをかけてやる」と私は言いました。このため、この日はわざと社員の間違えたところを全員で半日かけて直しました。社員は事業主に『わざと間違えた仕事をして、それを臨時工のせいにして謝らなかったので、臨時工よりツバを毎日かけられました』と言わずに『毎日、意味も判らずにツバをかけられる』と言いつけました。事業主は理由を聞くこともなく私を理不尽に叱責しました。

［バカネ＝一回目の事件の八年後の事実］　退社の五分前に、翌朝からでも十分間に合う仕事を、今すぐに残業して作業するように言われました。残業してまでする理由の説明がな

いので拒否したところ、社員より解雇を言い渡されましたので、違法強制残業をすることになりました。丁合日報の当日の欄の開いているところに、この事実を二百字くらいに書きとどめました。強制残業の実態を書き残したわけです。裁判官は二百字の文字全体には蓋をして、事業主に都合のよい【バカネ】の三文字だけを臨時工が社員をイジメた証拠として採用しました。新聞を読みますと、会社から受けたイジメは、その場で記録に残すようにと書いてありますが、私のようにブラック裁判官に当たると、まったく逆の証拠として採用されることも、どうか考えてみてください。

三の四

【法　廷】

私陳述　脳内出血後、毎月、医師に療養給付金の申請をしていました。医師は私が残業中に倒れたので労災の申請を勧めました、それで会社に労災申請を求めました。

この事件の半年前に、私は安全装置のない電動ホチキスで、作業を急かされたため間違えて右手の人差し指をホチキスして血が出ました。このとき、ここの社員は労災申請の会社印の捺してある書類を持ってきて、この書類を病院に出せば一銭も払うことなく、一番に診療してくれると言われ、その通りになったことがあります。会社での労災事故は多いので、会社は判を捺した労災申請の書類をいつも用意しています。

この社員からは臨時工は労働保険に入っていない、入ってないから労働基準監督署に行っても無駄です。『そのうえ、臨時工は月に一百時間の残業をしてないから労災は認められない。当日は夕食を取らずに勝手に残ったので残業にはなりません。また、病院で医師と治療以外の話をするのなら、そういう話をしないように、来月からは療養給付金の書類はもらってこないよう、同金はカットを指示されました』労災申請した結果です。

これにより、脳内出血事故の復帰から、事故前にはあった毎月のタイムカードのコピーがなくなり、誰だか判らない名前の給与袋に実際の労働時間より少ないと思う給料が払われました。労災申請後より私の実際のタイムカードのコピーとともに、その通りの給与が払われるようになりました。

この社員陳述　労災申請をしたいと言った。しかし、臨時工から労災保険に入ってないと言ったというが、このような事実はありません。

【判　決】

『一回目の脳内出血において、会社は臨時工の労災申請を妨害し、労災隠しと言えるようなことまでしてきたと主張するが、もともと臨時工は高血圧の**持病**を有していたものであり、事業主やこの社員は臨時工から労災申請をしたいという要求を受けたことはないと明確に述べている。以上からすると、臨時工が主張する一回目の脳内出血について会社が労災申請を妨害したような事実は認められない』

この事件は会社の残業時間内であり、会社支配地内であり、社員の監督下の事件であります。ホチキス事故とは重さが違います。会社が進んで労災申請するべき性格の事件と思います。

会社が労災申請をしないのは、同意のない残業、三六協定のない残業、割増残業手当の無支給、週六日四十八時間以上の違法残業、有給休暇不実施、健康診断不実施の会社が、労災申請をした場合、労働基準監督署より厳しい叱責がくるのが判っているので目の色を変えて労災申請を拒否したのです。これは一般の常識です。

裁判官は判決文で、『臨時工は高血圧が【持病】』と加筆捏造をしています。また持病の証明はありません。また、裁判官は一番大切なレポートの文書を捏造して、証拠として採用しています。また、判決文に『事業主やこの社員は臨時工から労災申請をしたいという要求を受けたことはないと明確に述べている』と書いてあるが、事業主は、この件について一言も話していません。この社員は陳述書で『労働保険に入ってないと言ったことはない』と書いてあり、法廷には出廷していませんから、【明確に述べる】ことはありえません。裁判官の判決は『明確な、労災申請を妨害した事実は認められない』と書いています。このような捏造証拠を採用した、その事実の証拠を裁判官は明確に述べる義務があります。

この当時、会社が労災申請を認めない状況のときに、某団体に入っている会社は臨時工が労災申請をしても、意図して労働基準監督署で受理されないといわれていました。某団体に加入している事業主の会社は必ず臨時工を嘘の労災申請をしたことで【名誉棄損】で訴えるそうです。その場合、労働基準監督署で受理されない労災申請のものは、ほとんど会社が勝つという話を、労務を仕事にしている友人よりアドバイスされました。そのため、労働基準監督署には行けませんでした。

四　最初の脳内出血の事件より二回目の事件までのエピソード

四の一

復職したその日の午前中に、事業主とこの社員と私との間で、療養給付金が出る、一年半の間は、正常な体でないので、

①朝夕のラッシュを避けるために、午前十時出社、午後四時退社。遅刻、早退の給与は療養給付金でまかなう。

②作業範囲は丁合と軽作業でよいと三者協定ができましたが、文書化することは断られました。

ところが、事業主は協定から一カ月後には、この協定を反故にして、定時の九時出社、そして残業も実施するように強い調子で迫ってきました。私はこの申し入れを【三者協定違反なので】拒否しました。事業主は『仕事があるから臨時工を雇っている。仕事があるのに、仕事を断るのなら、明日から会社に出てこないでよい』と、私を脅かし始めました。

実際この翌日、朝九時に間に合うように、家を出ましたが、四級の身体障害者がラッシュの電車には乗ることはできません。そのため、朝は一時間遅れて出るしかありません

でした。

この裁判で事業主は私が早く帰りたいときは帰れるように配慮したと言っていますが、そのような事実はありません。私が会社でつけている丁合日報では、復帰の一カ月後には午後八時半まで残業割増を払わずに仕事をさせています。このリハビリ勤務を隠すために復帰の月から労災申請を拒否して療養給付金の申し入れを中止した月までのタイムカードのコピーと給与表は私に渡しませんでした。

【法　廷】

会社答弁書【臨時工のリハビリ勤務［午前十時から午後四時までの勤務］は認め、その余は否認する。無理しないよう働ける時間だけでよい。残業は十時までは割増手当無支給、午後十時以降と休日出勤は五割増しで支給。臨時工と確認し実行しました】

私準備書面【開示を拒否した、復帰から給付金申請を拒否した月までのタイムカードを客観的記録として証明するので公開せよ】

会社弁護士「復帰した一カ月後には、復帰の協定を反故にされてしまったと」

事業主『社員とどういう話があったか知りませんが、私は言った覚えはないです』

会社弁護士「早退は自由だったんですか」

事業主『ええ、自由です。出社は十時でよいと』

会社弁護士「特に事業主が、九時までに来なさいと」

事業主『いや、一回も言ったことはないです』

会社弁護士「具体的に、残業命令をする権限をもっているのは誰なんですか」

事業主『私だけです』

私弁護士「復帰のとき、十時から四時までと勤務を決めましたね」

事業主『リハビリ代わりに、病院の先生に、うちに是非お願いします、と言われたものですから』

私弁護士「時間を聞いているんです。十時から四時までと」
事業主『いえ。その約束はしていません』
私弁護士「実際その一カ月後には残業させていますね。また、タイムカードの三月十一日は午後十一時半まで。同二十八日は零時十三分、退社になっていますが、そんな時間まで脳内出血で倒れた人を、仕事させているのですか」
事業主『本人に常に聞いていますから』
私弁護士「夕食の注文は、誰がやりますか」
事業主『私が、やっていました』
私弁護士「残業させたんじゃないですか。臨時工の血圧表では残業していますけれども」
事業主『私はしてもらったという形ですけれどもね。本人のあれで』

私弁護士「『本人のあれで』をちゃんと説明してください」

事業主『……』

【判　決】

『復職に当たり、臨時工が主張するような約束を事業主としたか、否かは証拠上明らかではないし、この点を置くとしても、事業主や社員が臨時工に対して残業指示した事実は認められない』

十時から四時までのリハビリ勤務は　①事業主の印鑑のある答弁書では認めている。しかし、このとき、残業は十時まで割増手当無支給と、午後十時以降と休日出勤は五割増し支給を臨時工と確認したと記載されております。残業指示が事業主しかない会社で、役員が三人もいるのに社員一人で決められる権限ではありません、権限のある事業主も同席しているのが自然であります。②会社弁護士の残業についての質問に、事業主は【言った覚えはない】と発言しているが、同席してないとは一言も言っていません。その後に、【出社は十時でよい】と言ったことは、三者協議に事業主がいたことを証明しています。③私弁護士の、十時から四時までの勤務について。事業主は【病院の先生に頼まれて】と言った後に続いて【その約束はしていません】と突然否定した事は不自然であります。よって、三者協議は明白な事実であることを証明しています。

判決で【事業主の残業指示を認めることはできない】と記載されているが、残業をさせられたことはタイムカードや日報において完全な証拠のある明白な事実であります。又、給与表には残業の時給が支払われています。不要な残業なら残業代は支払いません。私弁護士の残業指示の質問に対して、事業主は【具体的に残業をする権限を持っているのは。私だけです】また、【夕食の注文は、私がやっていました】と証言していることも事実です。これは裁判官の前で法廷で事業主が言ったことが、判決文では証拠として採用されないブラック判決なのです。まるで時代劇の映画で、悪代官が【おぬしも、悪よのう】と言っていることを想像してしまいます。

会社の答弁書で、【午後十時までの残業は割増手当無支給、午後十時以降と休日労働は五割増しで支給と、臨時工と確認し実行しました】と記載されています。脳内出血で二カ月入院した者が、このような条件の下で本当に働くでしょうか。また、裁判官が労働法に違反する内容を、見て見ない振りをしていることが問題なのではないでしょうか。違法にならない理由を裁判官は公開する義務があるはずです。

四の二

復帰直後に、某社の商品を私が丁合することになりました。この仕事は長く、毎月三回定期的にあります。そのためページの順番を書いた【台割表】を、丁合機に紐で綴じていましたが、この時点では、まったく影も形もなくなっていました。事業主の兄に聞きましたら、台割表はいつもの社員が私の入院中の二カ月間使っていたから社員に聞くようにと言われました。社員は私の書いた台割表でなく、一冊の見本を私に渡しながら『この見本通りに丁合するように。変だと思って客先に聞きに行かないように』と、あからさまに不審な指示をしました。

預かった見本は二カ月前とはどこか違うのです。私は事業主の兄に社員の不思議な指示について話した結果、私が顧客に、社員から渡された見本を見てもらうことになりました。

顧客に見本を見てもらいましたら、私が入院中に社員が間違って製本して納めた商品だと言われ、顧客もなぜ、このような間違った見本を渡したのか、クビを傾げていました。このため、私は顧客より正しい見本をいただき、無事作業を終えることができました。社員の指示通りにしていれば、退院早々に返品を受け、事業主より厳しく叱責され、弁償をさせられるところでした。この後、顧客からは、社員でなく直接臨時工の私に仕事の話をするようになりました。

私は、社員、臨時工をはじめ、会社全員への注意喚起のために、このとき社員から渡された間違ったA４版の見本の裏表紙に【臨時工に間違った見本を渡し、この見本通りに間違った仕事をしろと言う社員あり。臨時工は社員の指示に注意】と書いて、丁合機の前に紐で下げました。事業主からは注意はなく、見本は数日でどこかに行ってしまいました。

いつも十時頃来る客より【あなたも大変だね、だけどこの会社で安心して仕事を頼める社員はいないから、短気を起こさず頑張ってくれ】と顧客からは励まされました。

【法　廷】

会社答弁書【『××社員は死ね』と大きく書いた紙を機械に張りつけた。××社員はこの仕事をしたことはない。もともと台割表というものを会社では用意していない】

私準備書面【この仕事は『〇報』の名の下に毎月三回定期的にあるのに、この仕事をしてないということは会社は私が入院中の二カ月間はこの仕事を断ったことになるが、この間の間違った見本があることは、この仕事をしており会社答弁書はウソをついていることを証明している。また、会社が見本と台割表の違いが判らないのは仕事としては理解できません、会社幹部の非常識を証明している】

役員陳述書【紙に××社員の悪口を書いて、持ち場の近くに置いた】

社員B陳述書【××社員死ね。と書いた紙を壁に貼っていました】

私陳述書【役員も社員も。私は『社員と書いて、××社員』とは書いていません。二人とも『書いた紙』のことのみを言っていますが、張り紙をするきっかけとなる一番大切な、社員が臨時工に間違った見本を渡し、間違った見本通り仕事を指示したことには、会社は何ら否定していません。このことは、××社員の臨時工イジメが普段から日常的に行われていることを証明しています】

会社弁護士「臨時工はこの裁判で、社員からイジメを受けていると」

事業主『むしろ、逆ですね』

会社弁護士「具体的にどういうことですか」

事業主『自分の近くのメモ帳とかの部分に、能なし社員が、どうたらこうたらいうメッセージを、誰かに見える場所に置いていました』

会社弁護士「顧客の仕事で台割表を戻す代わりに一冊の見本を渡して、この見本通りに仕事しろ。変だと思ってお客に聞きに行くなと、指示をしましたか」

社員『それはありません』

会社弁護士「社員の悪口を書いた、張り紙のようなものをすることがありましたか」

事業主『そうですね、二、三回見ました。社員のバカとかそういう感じです』

会社弁護士「どこに貼るんですか。周りから見える場所なんですか」

事業主『自分の使っている機械の袖口ですか』

私弁護士「張り紙が二、三回あったそうですが、あなたはそのとき、事業主として職場環境維持違反だったことは判って、どのような注意をしましたか」

事業主『よく、覚えてないですね』

【判　決】

『臨時工が主張するような社員のイジメがあったとは言えないし、事業主がことあるごとに社員の肩をもち、臨時工を不当に扱っていたというような事実も認められない』

社員の間違った見本について、社員は【それはありません】とウソを述べています。これが事実ならば【張り紙】は存在しません。肝心な社員が【張り紙】についてあったとも、なかったとも一言も発言していません。張り紙には固有の名前は書いていません。

事業主、役員、社員Bも何をもとにして××社員と特定しているのか、誰も説明をしていません。このことは会社内で社員は間違いが多いことを張り紙に話を作っているのです。

事実は一つしかありません。【張り紙】を、私は【紐で機械に下げた】。事業主は【機械の袖口に貼った】。役員は【持ち場の近くに置いた】。社員Bは【壁に貼った】。特に事業主の言う機械の袖口に貼ったということであればそのたびに機械が止まってしまい、仕事に来た人間がすることではありません。それを踏まえて注意をしない事業主は異常です。【社員は死ね】の張り紙が三回もあって、社内でそのままにして叱責しないで見ているだけなのは、事業主が職場環境を守る意志がなく、職場管理を放棄している証拠です。

四の三

一月の午前九時過ぎに、外回りの者が印刷物を持ってきたので、私は納期を聞きましたら翌日午後一番と言われました。私は他の者とその日の午前中の仕事を手伝っていました。十一時頃に出社してきた事業主に社員が先ほどの印刷物を指して『臨時工に、この仕事をするように指示したのに、どうでもよい仕事をしているので、事業主から、今すぐこの仕事をするように命令してください』とビックリするような事実に反する告げ口をしました。すると、事業主は『なんで社員の指示に従わないのか、そんな態度なら、明日から会社に来なくていい』と、私に理由を聞くこともなく一方的に叱責しました。私は、今日の朝から社員とは一言も話はしてませんから、そのような指示は初めて聞きましたと返答いたしました。

ところが、事業主は社員から『顧客から今日の午後一番の納めに変わったと電話がありました』と言ったというのです。私は事業主と言い争いもできません。私は【変更の電話があったのなら、変更のあった時点で伝票にその変更の内容を書いて、そのうえで直接、私に話すべきです。午後一番の納めではこれから仕事をしても、まったく間に合いません。この社員の仕事の進め方は、顧客のためにはなりませんから、このような仕事の指示方法は変えるべきです】と話しました。

なお、この客はその日の午後一番に取りに来ないので、社員に取りに来てもらうように電話するように、と言いましたが、電話はしませんでした。そして、いつも通り翌日の午後一番に取りに来ました。初めから私を陥れるために事業主に告げ口をしたのです。

【法 廷】

私陳述書【事業主は何か問題が起きたり、私と社員とがモメた場合などは、社員と私の二人を並べて、私だけに一方的に叱責することを繰り返していました。そして、後で『社員も少しは考えるだろう』と言ってました。要するに事業主は社員に対して直接注意することができないのです。こうした体験は私だけでなく、他の臨時工も経験しています】

会社弁護士「翌日の納期のものを、嘘をついて早くやれと臨時工に言いましたか」

社員『いいえ、ありません』

会社弁護士「納期を嘘をついて、早くやれと指示したことはないですか」

社員『嘘というのではなく、日にちを間違えたというミスはあります』

私弁護士「あなたは正社員の立場で、臨時工に作業の指示をすることはありますか」

社員『あまりないですね』

私弁護士「あまりないということは、どの程度指示を出していましたか」

社員『一切、記憶がありません』

私弁護士「じゃあ、事業主と役員がいないときには、作業指示は誰がやるのですか」

社員『いや、事業主や役員がいないときはなかったです』

私弁護士「十年間に、事業主も役員も一日も休んだ日はないんですか。よく、事業主は会社をやっていけますね。毎日午前十一時に出社しているからですかね」

社員『はい』

【判　決】

『臨時工が主張するような社員のイジメがあったとは言えないし、事業主が事あるごとに社員の肩をもち、臨時工を不当に扱っていたというような事実も認められない』

社員は【ありません】と述べており、私の主張を裏づけています。すなわち、社員は私でなく事業主に話し、それを聞いた事業主は社員の告げ口のままに私を叱責したのです。この件は社員でなく、事業主の不当なイジメなのです。また、社員は臨時工への作業指示に【あまりないですね】と証言しており、指示の否定はしていません。

社員は臨時工に指示するのは事業主と役員だけで、この十年間に二人とも一日も休んでないと証言している。十年間一日も休まないでいられるのはロボットだけです。私の記憶によれば事業主は近くの病院に入院でなん回も休み、又、客とゴルフで休んでいます。役員は事業主との口喧嘩で一カ月休んでいます。社員も一番忙しいときに、親戚の結婚式のためということで有給で一週間も休んでいます。トップの二人が十年間に一日も会社を休んでないとの話を簡単に信用する裁判官の常識は【東京地裁の風土】であって一般の常識とは違うのです。

四の四

ある二月の午前十時頃、初めて見る客と、役員と社員が何か話をしていました。そのうち、社員が私のところに来て、一冊の見本を私に渡してから『いますぐ、この見本の見積をするように』と言ってきました。しかし見本を見ても、大事なことが判らなければ見積はできません。それで、支払い条件や運搬方法そして仕事の進み具合等を聞きましたが、何ひとつ答えがありません。私は「明細が判らなければ、見積はできません。あと一時間弱で事業主が来るので、事業主に見積してもらうべきです」と断りました。

社員は、私の話を聞かずにこの会社で一番安い値段を出している客と同じ条件で見積を出すように、再度私に迫ってきました。社員の命令なので、命令のままに一番安い価格を二人に伝えました。

役員と社員の二人は、何も検討することなくそのままの金額を、初めての客に話しましたので、一瞬、私は、二人は【バカじゃないか】と思いました。

十一時頃出てきた事業主は役員と社員から、この金額を聞いてから、私に大声で『何でお前は、初めてで、よく判らない相手に、こんな安い値段を出したんだ』と怒鳴りつけられました。

私は役員や社員の再度にわたる強制命令に従っただけですから、叱責は役員や社員に言ってください。私は被害者です。と話しましたが、事業主は『おまえが言わなければよかったんだ』と役員や社員には一言も怒らず、私だけに理不尽な責任の押しつけを行いました。

【法　廷】

会社答弁書【事実無根である。臨時工に見積を教えたことはない】

会社準備書【役員および社員が臨時工に見積を依頼したことは認める。事業主が不在の場合は見積は従業員が出し、これを事業主に報告し指示を仰ぎます】

私準備書【事実無根から、二人が私に見積を指示したことは認めている。そうであれば、低すぎる金額を客に伝えた二人を叱ることなく、二人の命令に従った臨時工のみ怒られる理不尽な責任の押しつけである。なお、見積は会社の利益を左右する大事な業務なのに、役員と社員の二人ができなくて、事業主のやっていることを見て覚えた、臨時工がしている事実である。この事実は臨時工のほうが役員や社員よりも業務遂行能力が高く、そうした臨時工を妬み、あるいは、自己の地位を守るために二人が臨時工の足を引っ張ったり、嫌がらせをしていたとしても何ら不自然ではない。会社準備書で、事業主不在の場合は従業員が見積を出す。それが事実ならば、その従業員の具体的な名前を公表しない理由の説明を求めます】

会社弁護士「臨時工があなたのところに来て見本の一部を見せて、今すぐ見積をしろと。臨時工は内容が判らないのでできないと断ったところ、あなたは会社の近くで一番安く設定しているところと同じに計算しろと言って、臨時工から回答を得たということですが、そういうやり取り自体はありましたか」

社員『いや、覚えていないです』

私弁護士「会社準備書では、二人が臨時工に見積を命令したそうですが、なぜ役員や一番古い社員のあなたが、見積をしなかったのですか」

社員『それは、私は見積の仕方を知りません』

私弁護士「会社準備書では、従業員が見積を出して指示を仰ぐと書かれています。具体的な従業員の名前と、その時の事業主の指示の内容を話してください」

社員『……一切、記憶にありません』

私弁護士「会社準備書は、会社印を捺したうえで会社が出したものですよ。内容は判っているはずですが」

社員『いえ、私が書いたものでないので判りません』

『臨時工が主張するような社員のイジメがあったとは言えないし、事業主が事あるごとに社員の肩をもち、臨時工を不当に扱っていたというようなことも認められない』

【判　決】

事実は私の準備書で記載した通りです。

会社弁護士は臨時工が社員のところに見本を持ってきて見積しろと言ったことに対して、社員は【いや、覚えてないですね】と事実を述べていることです。実際は社員が見本を持って臨時工のところに行ったのです。会社の弁護士の言ったこととは逆なので、覚えてないと言ったのです。ただ、裁判官が書面を真面目に読み込んでないことです。

判決文は社員のイジメとしていますが、事業主が理不尽にも臨時工を怒鳴りつけたことに対して、会社は誰も否定していない。よって、イジメの犯人は事業主なのに、裁判官はわざと事業主を表に出さないようにしていることです。

四－五

繁忙期の夕方近くに、私が事業主の指示で【写経本】を丁合していました。八割がた進んでいたところで事業主が来て、今している仕事は納期が未だ一週間あるので、急ぎの仕事にかかるようにと言われて、別の仕事に取りかかりました。そこへ、役員と社員が来て私のしていた写経本の丁合を勝手に始めました。この二人の仕事は信用ができないので、この仕事の納期は一週間後なので私がやりますから、二人には手を出さないように頼みました。しかし、私の制止は聞かずに二人は仕事を始めましたらすぐ、夕食が来たので食事を始めました、食事が終わったら二人とも仕事の確認をすることなく、やりっ放しで帰宅しました。翌日の午後、社員が写経本の無線綴じ製本の作業を始めました。昨日、役員と社員の二人が私の制止も聞かずに、二人が食事をして、仕事の確認もしないで帰宅したことを棚に上げて、【臨時工が真面目に仕事をしないので、冊数が足りません】と虚偽の報告を事業主に行いました。

これを聞いた事業主は、私のところに飛んで来て大きな怒鳴り声で『何でお前は完全な仕事ができないんだ。できないのなら明日から会社に来るな』と言ってきました。
　これに対して私は、前日事業主から急ぎの仕事を命じられ現在もその仕事をしていること。役員と社員の二人には、この仕事をしないようにと話したのに勝手に始め、夕食後に仕事の確認をしないで帰宅した。そのことを知っていて社員は私の責任にしています。と話しましたら、役員一人だけがあわてて黙って昨日の仕事の残りをやり始めました。それで冊数は問題ありませんが、事業主は『二人が昨日、数の確認をしないで帰ったのを知っているお前が、残りの仕事をしないのが悪い』と、私だけが叱責され、役員も告げ口をした社員にも一言も怒らずに、ひたすら私を叱責し、責任を追及し続けられました。

【法　廷】

会社答弁書【事実無根である】

会社準備書【臨時工が終了しなかった作業を臨時工の帰宅後に社員が行った】

会社弁護士「社員にあなたの機械を触られるのは嫌だったわけでしょう」

私『社員は私の帰った後、わざと間違えた仕事をして、それで翌日、社員より私が間違えたということが何度もあるからです』

会社弁護士「あなた自身が自分で丁合の仕事を、いつもやり遂げたかったのですね」

私『先ほど話しましたように、途中から社員が間違えて、それが翌日社員や他の者に聞いても、やったという人間がいつもいないので、他の者のした仕事は信用できません』

会社弁護士「臨時工がしている丁合の仕事を代わりにやってあげましたか」

社員『ええ、仕事の流れから何度もありますね』

会社弁護士「そうすると、臨時工は何か反応されますか」

社員『はっきりとは、覚えていませんね』

会社弁護士「自分の作業をするなと、言われたことはないですか」

社員『何回も、臨時工本人から断られました』

会社弁護士「あなたには、やってもらいたくないと、言ったのですね。その理由は何ですか」

社員『はい、そうです。無理してやってあげたのに。理由は判りません』

会社弁護士「仕事に差し障るような、嫌がらせをしたり、無視をしたということはないですか」

社員『ええ、それはまったくないです』

会社弁護士「社員と喧嘩するなら辞めてもよいと言ったのは、いつ頃からですか」

事業主『それは、年中です』

私弁護士「会社回答で答えている、四回解雇の手続きを取ったのは間違いないですね」

事業主『私が言ったのは、四回以上あります』

私弁護士「四回以上解雇の手続きを取ったのに、辞めさせないのはどうしてですか」

事業主『普通に、辞めてくださいと言っただけです』

私弁護士「じゃ、懲戒解雇でなく、単に**イジメで**四回以上辞めろと言っただけですか」

事業主『そうです』

【判　決】

『臨時工が主張するような社員のイジメがあったとは言えないし、事業主がことあるごとに社員の肩をもち、臨時工を不当に扱っていたというような事実も認められない』

法廷で社員は、かってに私の仕事をしたことに、最初は【はっきりとは覚えていない】といった後に【臨時工から断られた】と、明白に臨時工の邪魔になる仕事をしていることを証明しています。力関係からして臨時工が社員に仕事をしないようにということは、クビをかけた勇気が必要です。そのため、仕事に差し支える邪魔な仕事をする社員に、仕事をするなと言うことは、それだけひどいイジメを臨時工にした証拠であるのが、裁判官から見ると、イジメはないと解釈されています。それならば、なぜ、臨時工に断られたのか、

郵 便 は が き

料金受取人払郵便

新宿局承認

1409

差出有効期間
2021年6月
30日まで
（切手不要）

160-8791

141

東京都新宿区新宿1－10－1
（株）文芸社
愛読者カード係 行

<table>
<tr><td>お名前《ふりがな》</td><td colspan="3"></td><td>明治　大正
昭和　平成　　年生　　歳</td></tr>
<tr><td>ご住所《ふりがな》</td><td colspan="3">□□□-□□□□</td><td>性別
男・女</td></tr>
<tr><td>お電話
番　号</td><td>（書籍ご注文の際に必要です）</td><td>ご職業</td><td colspan="2"></td></tr>
<tr><td>E-mail</td><td colspan="4"></td></tr>
<tr><td colspan="3">ご購読雑誌（複数可）</td><td colspan="2">ご購読新聞
新聞</td></tr>
<tr><td colspan="5">最近読んでおもしろかった本や今後、とりあげてほしいテーマをお教えください。</td></tr>
<tr><td colspan="5">ご自分の研究成果や経験、お考え等を出版してみたいというお気持ちはありますか。
ある　　ない　　内容・テーマ（　　　　）</td></tr>
<tr><td colspan="5">現在完成した作品をお持ちですか。
ある　　ない　　ジャンル・原稿量（　　　　）</td></tr>
</table>

<table>
<tr><td>書　名</td><td colspan="5"></td></tr>
<tr><td rowspan="2">お買上
書　店</td><td rowspan="2">都道
府県</td><td rowspan="2">市区
郡</td><td>書店名</td><td colspan="2">書店</td></tr>
<tr><td>ご購入日</td><td colspan="2">年　　月　　日</td></tr>
</table>

本書をどこでお知りになりましたか?

1.書店店頭　2.知人にすすめられて　3.インターネット(サイト名　　　　　　　　　　)

4.DMハガキ　5.広告、記事を見て(新聞、雑誌名　　　　　　　　　　)

上の質問に関連して、ご購入の決め手となったのは?

1.タイトル　2.著者　3.内容　4.カバーデザイン　5.帯

その他ご自由にお書きください。

(　　　　　　　　　　　　　　　　　　　　)

本書についてのご意見、ご感想をお聞かせください。

①内容について

②カバー、タイトル、帯について

弊社Webサイトからもご意見、ご感想をお寄せいただけます。

ご協力ありがとうございました。

※お寄せいただいたご意見、ご感想は新聞広告等で匿名にて使わせていただくことがあります。

※お客様の個人情報は、小社からの連絡のみに使用します。社外に提供することは一切ありません。

■書籍のご注文は、お近くの書店または、ブックサービス(0120-29-9625)、セブンネットショッピング(http://7net.omni7.jp/)にお申し込み下さい。

その理由がどこにも見つけることができません。

事業主が不当な扱いはないという判決に対し、四回以上にわたってイジメで【辞めろ】と言ったことは、臨時工にとっては最高のイジメであり、不当な扱いであることを裁判官自身が理解できないのです。裁判官は【解雇】を文字として判っていても、体で解雇がどういうことか理解できない、頭でっかちの中身のない人間だと考えるしかありません。

四の六

丁合は人のすることなので、たまには間違えて取ることもあります。会社ではその間違った辺りに赤い短冊（赤い長方形の紙）を挟んで、不良品が出たことに注意喚起を行っていました。私が丁合を取っていて、間違えたと思ったところ二カ所に短冊を挟みました。社員が黙って持って行こうとしたので、念のため二カ所に短冊を挟んでいることを告げて、「注意喚起」を行いましたが、社員は、その短冊を抜いて作業をしたので、不良品が二冊出ました。社員は短冊を抜いて作業したことを隠して、臨時工のミスであると事業主に報告しました。私は社員によるミスの発見が余りにも早すぎるので、短冊を二カ所挟んで社員に渡したことを話しました。それでも私は、事業主よりいわれなき叱責を受けることになりました。

【法　廷】

会社答弁書【事実無根である。臨時工が挟んだ短冊を社員が自ら抜いて、わざと臨時工のミスと事業主に報告したことはない。会社は間違った箇所に短冊を挟むことは、会社として決めて指示したものではない。臨時工が勝手にしたものである】

私準備書【会社は社員が短冊を抜いたことは否認したが、社員が作業をしたことは認めている。すると、不良品が発生したのは社員の作業の結果となるが、これについて事業主がどういう対応をしたかは一切説明していない】

私陳述書【事業主は私が「他の人がかかわることにこだわる」と言っていますが、丁合でミスがあったときに短冊を挟んでミスを減らすことは、業界として当たり前の事実です。そうした肝心なことを社員に教育できない、事業主が一番罪が深いのです】

会社弁護士「臨時工から社員のやり方はおかしいと、クレームがついたことはありますか」

社員『ないですね』

私弁護士「会社準備書であなたが作業をしたことは認めています。あなたは二冊のミスが、どうして判ったんですか」

社員『……覚えてないですね』

【判　決】

『臨時工だけを理不尽に叱責したことはないと述べている。従って臨時工が主張するようなイジメがあったとは言えない』

会社は間違いがあった時に【短冊】を挟む事は指示していないと明確に記載しています。間違ったときの会社としての作業方法は何も語ってないのが不自然であります。そして、臨時工のみが大事な作業方法を確立している事は、会社の経営方法自体が不自然であることを証明しています。しかし、裁判官は常識が違うので判りません。

「プロ」の職人の事業主のお兄さんが無線綴じ製本（本文の中身に表紙をつける）を行なっていたときは、丁合で間違いがあってもお兄さんに話すと操作中の機械の音で不良品を見つけてくれました。しかし、この会社で一番高給取りの社員に変わってからは、社員は耳栓をしながら仕事をするので間違いを判定することはできません。そのため、私のほうから赤い短冊を挟んで注意喚起をしました。お兄さんのときは一言話すだけで済んだのが、一番給料の高い社員に変わってからは耳栓をしながら仕事をするのです。これでは不良品が出るのは当たり前です。

この不良品発生の一番の責任は事業主と役員にあります。不良品の基となる【耳栓使用】を禁止しないことが問題なのです。

途中から入った事業主のお兄さんは、私よりはるかに年を取っていました。それでも、兄は黙って徹夜仕事をしてました。繁忙期の前日に【今日で会社辞める。死にたくないから、次は君の番だから注意するように】と言いました。そしてお兄さんは、暫くして亡くなり、私は会社で倒れました。

お兄さんが亡くなったとき、社員より葬儀の出席と香典は二千円にと指示をされました。

このとき、某団体では寄付や会費や香典が、何でも二千円という話を思い出しました。香典は亡くなった人との心の問題だと私は理解していますので、香典を会費のような積もりでいう社員は、人間としての心がないと思いました。私は自分の心の中でお兄さんに世話になったことを考えて、別の金額を霊前に包みました。その後、事業主に聞かれたので「自分がお兄さんより世話になった心のうちを、包ませてもらいました」と話しました。

四の七

私の妻が入院したので、毎日帰りに妻の洗濯物を取りに病院へ行っていました。

このとき、一万部の紙の印刷の見本帳の丁合をしていました。納期があるので、二千部を明日することに事業主の了解を得て会社を出ました。

翌朝、残りの二千部ができあがっていました。若い役員に聞いたら、昨晩、古い役員と社員が残っていて、社員がしたと言われました。その話に異常を感じたので社員のした丁合二千部を、チェックしました。その結果、二千部全部においてページの差し替えがありました。私が終えたままで仕事をすれば、間違いはでません。社員は私の間違いにするためわざわざページを入れ替えたのです。これは人為的な犯罪行為であり、イジメとはまったく性質の違うものです。このため全員で半日かけてページの入れ替えを行いました。私が気がつかなければ、二千部は不良品のまま納められました。

私は社員に【なんで仕事に差し支えるイジメをしたのか】と、強い調子で問い詰めました。社員は『昨晩、残業したけれど、丁合はしていない』と言うのです。それならあなたはどんな仕事をしていたのか。丁合をしたのは誰なのかと強く迫りましたが返事はありません、私は腹が立ったので【あなたが本当のことを言うまで、毎日あなたの舌が回るように唾をかけてやる】と言って毎日ツバをかけました。このとき社員は、会社の外に逃げ出し昼前に戻って来たので誰が仕事をしたかの事実は判りません。

昨晩、社員と一緒にいた古い役員に、社員の話をして役員より、社員に事実を聞いてほしいと頼みました。役員は、逆に私がこの話を事業主に話したら、お前はクビにすると言われました。このことは役員と社員の間で私をイジメる話ができていたのです。

その後、社員は原因を隠して事業主に、私から意味もなく毎日ツバを吐くのを止めるように話してくれと告げ口をしました。私は事業主からは叱られ、役員からは本当のことを

話したらクビと言われているので、ツバの理由を説明できませんでした
　実際、この間違いが判らず納品後に、一冊でも不良品が判って返品が来た場合は、私は数百万円の損害賠償を会社から一方的にむしり取られるところでした。紙の印刷見本は何回も見本刷りを一番腕の立つ者が行います。そのため、印刷代も製本代も普通の倍以上の金額をもらうものです。そのため、最初は、私以外には誰も手を出していません。

【法　廷】

会社答弁書【すべて、事実無根である】

会社弁護士「社員を凄く気にしてますが、社員に触られるのは嫌だったんですか」

私『社員が私の帰宅後に、わざとページを入れ替えて、それを私のせいにしました』

会社弁護士「勝手に社員がした二千部の丁合を、チェックすると全部間違っていた、その間違いの責任について臨時工の間違いだと押しつけることを言いましたか」

社員『いえ、ありません』

会社弁護士「あなたが臨時工の丁合を、バックアップしましたか」

社員『はい、あります』

会社弁護士「それについてトラブルになりましたか」

社員『いや、それは聞いていません』

私弁護士「臨時工が残した二千部を、あなたがフォローしてくれたのですね」

社員『はっきり、覚えていませんね』

私弁護士「じゃあ、この晩はあなたでなければ役員しかいませんね」

社員『判りません』

私弁護士「会社答弁書ではすべて事実無根と記載しています。そうすると臨時工があなたにツバを吐いたということも、事実無根ということですね」

社員『記憶がありません』

会社弁護士「事業主は臨時工に、四回以上辞めてくれと言いましたね」

事業主『社員のロッカーにツバを吐いたのです』

会社弁護士「そういうことがあったときに、なんと臨時工に言うんですか」

事業主『私は何でそんなことをやるんだ。そっと何回も忠告しました』

【判　決】

『臨時工が主張するような社員のイジメはあったとは言えないし、事業主が臨時工を不当に扱っていたというような事実も認められない』

『**一回目の脳内出血まで**、社員にツバをかけるなどの嫌がらせをしていた。一回目の脳内出血までにおいて臨時工が主張するような、臨時工に対する社員のイジメや事業主からの不当な取り扱いについては、これを認めることはできない』この件は、一回目の脳内出血事件の三年後の事実であり、裁判官は時系列を完全に無視した無法判決であります。

この晩、残業をしたのは役員と社員の二人だけなのに、仕事をした者が判らないという。普段、私から仕事を頼んだら絶対仕事をしない社員が、丁合では一番難しい見本帳を、頼みもしない社員がしたことを、若い役員は証言してくれました。それだけに、社員がしたことで不信感をもった私は社員のした二千部を検査しました。いつも遅刻をしてきている社員が来たときには、全員で直しをしていましたから、一番驚いたのは社員です。社員は間違えた二千部が納品され、それが顧客より返品になり、私が事業主から叱責されて解雇されることを、楽しく夢の中で見ていたはずです。【ツバ】だけを争点にしていますが、元になるのは二千部の人為的な犯罪行為をイジメではないと裁判官が判断していることです。

四の八

ある秋の夕方、事業主が私に突然怒鳴り込んで来ました。一冊の某社の電気の取扱説明書を出して『お前が丁合を間違えたから四十万円払うことになった。お前の給料より四十万円差し引く』と言ってきました。私は自分がつけている丁合日報を調べましたが記載がないので、私は日報を見せて【私ではありません】と言ったが、事業主は一方的に一時間近く私を叱り続けました。

これに対して私は【事業主命令で、現在、丁合を取った者が納品伝票を書くシステムなので、納品伝票を調べて、その筆跡を確認してください】と要請しました。その結果は、社員でした。すると事業主は『社員か、社員じゃしょうがない。社員は毎月、給料分、会社に損をかけている』と言って、社員には一言も怒らず、また、事業主から私への謝罪はありません。クビを覚悟で質問しなかったら、私は社員が払うべき四十万円弁償させられるところでした。

【法廷】

会社答弁書【すべて、事実無根である】

会社準備書【会社は丁合作業をした者が、納品伝票を書くことを指示していない】

私弁護士「数年前に、某社の注文は、あった記憶はありますか」

社員『某社さん』

私弁護士「はい、電気の取扱説明書で、四十万円の話ですけど」

社員『……』

私弁護士「じゃあ、某社の仕事があったことは覚えていますか」

社員『間接的な仕事の入り方はしていたと思いますね』

私弁護士「この問題が起きて、某社の仕事がなくなったということも記憶がありますか」

社員『はい。仕事をもらっているところから、なくなったという話は聞きましたね』

私弁護士「数年前の、某社の丁合間違いは記憶ありますか」

事業主『丁合間違い……ちょっと記憶にないですね』

私弁護士「それで四十万円の損害賠償をしろと、臨時工に言ったと思うんですが」

事業主『それは、はっきりとないです』

私弁護士「『はっきりとない』ことの裏づけは。某社の丁合間違いがあったことは客観的な事実です。記憶はありますね」

事業主『記憶にないです』

私弁護士「これは、納品伝票の担当者の筆跡から、社員が丁合間違いをしたということがはっきりしたんですが、そこまで言われても記憶は蘇りませんか」

事業主『記憶にないです』

私弁護士「記憶にないということは、某社の仕事を五年間もやったことがないんですか」

事業主『ないです』

【判　決】

『臨時工が主張するような社員のイジメがあったとは言えないし、事業主が臨時工を不当に扱ったというような事実も認められない』

会社納品書の筆跡確認については否定していない。会社は四十万円を臨時工に払えといったことは否定していない。会社は丁合間違いだけを否定しています。

社員は某社の仕事はあったが、丁合間違いがあってからは仕事はなくなったと明確に述べている。しかし、事業主は某社のことは【記憶にない】と発言しているが、それなのに、臨時工に四十万円の損害賠償についてははっきりした記憶で【はっきりとないです】一番大事な点は記憶にあるのです。五年間もした仕事に記憶がないのは不自然であります。

四の九

五月の連休の後に、最近丁合の間違いが多いから、犯人を確認するために丁合をした者が納品伝票を書くように、事業主より全員に指示が出されました。

私が自分のした仕事の伝票を書いていたら、社員が来て、社員が丁合した二点を私に書くように要求しました。この場合、私が書いたら、社員がわざわざ書かせた仕事に間違いがあったときは、筆跡によって私の責任にされてしまいます。私は丁合をした本人が書くのが会社の方針なので、自分自身で書くように話をして、私が書くことは拒否しました。

そのうえ、記載拒否をしたのは、伝票には一点一点の製本代を計算しなければなりません。社員は顧客の指定価格で書きますが、この価格は会社の計算価格より二割ぐらい安くなっています。事業主はこの安い金額でも社員には何も言いません。その代わり私がこのような価格を書いたらどんな叱責を受けるか判りません。これが拒否した本当の理由です。

社員は【臨時工は社員の命令に従え、事業主に言いつけてやる】と言って立ち去りました。ほどなくして事業主が私のところに来て、大きな怒鳴り声で【何でお前は社員が伝票を書けという命令に従わないのか】と言ってきたので、私は丁合した者が伝票を書くのが事業主の出された命令なので、事業主の命令に従ったまでですと返答しましたら、【そんなことはどうでもいい。とにかく社員の命令には従え】と、あたかも社員の言うことが、事業主より上で絶対であると、理不尽で責任の所在が不明になり、何でも臨時工の責任にするという、社員の無責任な指示をしてきました。

【法廷】

会社答弁書【すべて、事実無根である】

会社準備書【会社は丁合作業をした者が納品伝票を書くことを指示していない。社員が臨時工に伝票を書き足すように要求した。『社員の言うことが何で聞けないのか。事業主に言いつける』と述べたことはない。臨時工は理由なく書き足しを拒否した】

私準備書【事業主が『何でお前は社員が伝票を書けと言ったのに書かないんだ、事業主に言いつけてやる』と言ってきたのは社員が告げ口をしたからです。私の指摘に対して反論がないのはこの事実を認めている。すると、事業主は伝票に書くだけのことで臨時工を一方的に叱りつけた。作業をした者が伝票を書けば済むところを、わざわざ臨時工を叱り

つけたのは、社員偏重の姿勢以外のなにものでもない】

【判　決】

『臨時工が主張するような社員のイジメがあったとは言えないし、事業主が臨時工を不当に扱っていたというような事実も認められない』

前章の四十万円の件で、会社は伝票の筆跡確認をしています。仕事の責任を果たすために社員が書かないのは、間違ったときの責任回避でありイジメなのです。また、事業主が【臨時工は理由なく書き足しを拒否しただけである】と記載されていること自体が【不当な扱い】を明確に証明しています。

四の十

●時間外割増手当のつかない、強制違反労働の数々。

Ａ　復職後のある日に、役員が一人と臨時工とアルバイトだけで、社員が一人も出てきてないのに【朝礼】を行うと言ってきました。社員が一人もいないのに朝礼を行うのは不自然ですので、社員も全員揃ったときに朝礼をすべきであると意見具申をしました。その日はそれで終わりました。

そして、全員がそろった日に一番古い役員による朝礼が、会社に入って、十年間で本当に初めての朝礼が始まりました。何を言うのか皆ビクビクしていました。【明日から臨時工とアルバイトは三十分早く出社して社内外の掃除と整理整頓をして、そのまま仕事に就くように、これは会社の命令です】と言ってきました。そのため前日、社員の一人もいないときに朝礼を始めようとしたのです。私以外はこの命令に従うしかないという顔色でした。

私はその三十分は【有給扱いですね】と尋ねましたら、ナンバー2の古い役員は【無給で体を動かすように】と言ってきました。

正社員は定時の九時で、臨時工とアルバイトは八時半出勤で無給と、普通の会社では正社員が早く出てきて、仕事の手配りをするのが常識です。あまりにも人を食った話なので、

【正社員以外は皆、今日で会社を辞めよう、それかわれわれは九時三分前に会社に出よう】と、私は提案しました。

なりゆきに役員は驚いて【今まで通りでよい、今の話はなかったことにする】と言ってこの話はなくなりました。

会社準備書【臨時工、アルバイトに三十分早く働けと言ってない。提案しただけである】

私準備書【会社は朝礼で無給労働を命令したことは認めている。提案とはいえ、会社にいれば仕事を無給でさせることになり、労働法違反であります】

●**裁判官**【判決放棄】

B　台風シーズンの十月のある日の午後三時のニュース、これから台風による強風雨が来るので、できるだけ早く帰るようにという予報が出されました。そのときは急ぎの仕事もないので、事業主に早退を求めました。事業主は【会社を辞めたくなければ、定時の五時まで働け】と言われました。事業主本人は会社の乗用車で帰りますから雨には濡れません。五時過ぎに強風雨の中を傘をさして駅まで歩きましたが、四級身体障害者で右手、右足が麻痺しているので強風雨で傘は壊れて、傘を杖の代わりにしてやっと駅に着きました。

駅に着いたときには下着までびっしょりと濡れていました。駅から自宅に電話して、風呂を沸かしてもらい、帰宅してすぐ風呂に入り体を温めましたが、寒気がするので体温を測りましたら三十七度六分ありました（平均体温は三十六度です）。

翌朝三十七度五分で寒気がするので近くの医師の診察を受けることになりました。そして完治までには三日かかりました。この三日の休みを有給休暇に申請しましたが拒否されました。会社は私の遅刻早退は、私の身体を配慮して自由と言っていますが、有給休暇を与えていません。無給なので事実ではありません。完全な作り話です。

【法　廷】

私証拠【この月のタイムカード。台風当日午後五時五分退社、翌日から三日治療休み。当日医師から出された薬袋】

事業主陳述書【臨時工の身体を配慮して、遅刻早退は本人の自由にさせていました】

会社弁護士「台風が来て午後三時に帰りたいと言ったのに五時まで仕事をさせられた」

事業主『いやそれはないです。むしろ三時に帰れと言っていると思います』

私弁護士「『思います』の根拠と、その三日間、有給休暇を申請されたのに、与えなかったのはなぜですか」

事業主『臨時工の場合は、前もって書類を出してないからだと思いますよ』

●**裁判官**【判決放棄】

C　私が二度目に倒れる前の年の一月の主治医の診察の後、主治医より毎週月曜日の腰のマッサージ（脳内出血の後遺症）治療のための定時退社、および食事療法のために夕食は自宅で取らしてもらいたい（午後七時以降の残業の禁止）と、事業主には、主治医の意見であることを伝え強く申し出て許可をもらいました。

しかし、事業主は約束を一回も守らず、仕事を優先して解雇を臭わせながら割増給のつかない残業を相変わらず命じ続けました。

証拠十号の【私の血圧表】ですが、右端に【マ】が書いてあるのは月曜日にマッサージに行けなかった日にちを、【ザ】は強制的に夕食を食べさせられ残業をさせられた日にちです。

【マ】一年半の八十週間のうち、月曜にマッサージに行けた回数、二十五回、三一%。

【ザ】一年半の四百五十日のうち、夕食後強制残業をさせられた回数、九十九回、二二%。

【法　廷】

私弁護士「証拠の血圧表を見せながら、なぜ、希望しない夜に残業をしたのですか」
私『七時以降は残業はできない、これは主治医の意見であると伝えてあります。ところが事業主は勝手に、私の好物のかつ丼を頼んで食べなければ無駄になるので、その分お前の給料からかつ丼代を差し引くと言われて、嫌々食べさせられた後で、夕食を食べたから残業をしろ。ということが三回続きました。事業主は私に聞くことなく、勝手にかつ丼を頼んで、無理矢理残業をさせられた日は【ザ】をつけました』

私弁護士「このとき、あなたは身体障害者四級の認定を受けていましたね」

私『はい、残業なしの約束だけは何回もしてくれましたが、実際、一方的な残業はなくならず、残業をしないと明日から来なくてよいと、脅かしながら残業させられました』

私弁護士「あなた自身、残業は嫌だったんですか」

私『入社面接のとき、残業の話は一言もありません。残業のない会社と思って入りました』

私弁護士「会社証拠【福利厚生費元帳】を示し、貸方欄に［×］が付いている名前の人は、この日夕食を取らずに、帰った方の名前ですか」

私『そうです。私は一回も出ていません。私だけは臨時工なのに帰らしてくれなかったのです。この福利厚生費元帳で私にマーカーが九十九回夕食後、クビにするぞと脅迫されながら残業させられています。私と同じ九十九回は事業主と古い役員だけです。正社員は全員、割増給がつくので残業させないのです、それで、臨時工の私より残業が少ないのです』

私弁護士「早く帰りたいなら食事をしないで帰ればよいのに、残業をするのはなぜですか」

私『帰れば夕食代を差し引かれることと、【事務社員がよく私のところに来て、時給千円以上のアルバイトは今の時代高すぎるから、時機を見て千円に下げなければ】と言っていました。残業を断って帰ったら、時給が千二百円から、千円に下げられる、過去に時給二百円減額されているという恐怖感をいつももって嫌々、割増給のつかない残業をしていました』

私弁護士「ちなみに、帰らせてくれと言ったことはありますか」

私『あります。何十回も言ってます』

私弁護士「そしたら、なんと言われましたか」

私『残業がいやなら、明日から来るなと、何十回も言われました』

会社弁護士「臨時工は元帳では九十九回の残業と言っていますが、今、感覚で一番多いのは、誰ですか」

事業主『今？　裁判中の今では、若い役員といつもの社員ですね』

私弁護士「若い役員が、夕食の注文を取ったんでしょう」

事業主『はい、そうです』

私弁護士「ということは、夕食の注文を取るということは、残業するのが前提ですよね」

事業主『はい、そうです。残業が前提です』

●**裁判官**【あなたとしては、残業させるような必要性はあったんですか】

事業主『ないです。逆に早く帰れと言っていました』

●裁判官【なかったけれども、仕事をどうしてもやりたいというので、やらした】

事業主『そうなんです』

●裁判官【やってもらっていた、ということですか】

事業主『はい。帰らないので私のほうが困っていました』

●裁判官【判決放棄】

D　会社は臨時工の社員イジメの証拠として、一回目の脳内出血事件の九年後に、私が会社に置いてきた【丁合日報のある一頁】を提出しました。

私はこれを見て証拠としての提出を拒否しました。その理由は全文約二百字のうち【バカネ】（あるバカな社員、以下略）の三文字だけを証拠としているからです。私は全文二百字が証拠になるなら採用してもよいと裁判官に要請しました。裁判官は会社の弁護士に二百字全文の書面化を求めました。会社弁護士はあまりにもひどいクセ字で【バカネ】の三文字しか書面にできないと言いました。その結果、私が陳述書として提出することになりました。

私が裁判所に提出した書面【一月の給料日の定時の五分前に、急に社員より丁合の作業命令が出された。五時には終わらないから明日やると述べたら、今日、終わるまでは帰らせない、帰ったらクビだと言った。この日、四時より全員することがなくて遊んでいました。それだけに、給料日で、明日でよい仕事を退社直前に突然言い渡されたので、社員の夕食代稼ぎに利用されたので、『バカネ』と言ったのである】

会社はこの全文のうち、【バカネ】の三文字のみを臨時工が社員を【バカにした証拠】として提出しました。それで、全文なら、社員が臨時工に無理な仕事を押しつけた証拠になるので、全文を採用するように、要望したのです。

【法　廷】

私準備書【丁合日報は作業の内容を記録し、明らかに業務関連性がある。『バカネ』の社員のイジメを記載した部分は、会社の職場環境整備義務違反を明記している。三大新聞

の労働の欄には、会社でイジメにあったときは、できるだけ素早く内容を記録すれば、有力な証拠となると記載されています】

会社弁護士「この日、午後四時五五分、退社間際の臨時工に丁合を命じたら、明日やるからと臨時工が言ったのに、あなたは、今やれ終われば帰れると言いましたか」

社員『いいえ、ありません』

私弁護士「臨時工に何回も、残業しろと命じたことは認めますね」

社員『いいえ、ありません、臨時工に指示を出したことはありません』

私弁護士「臨時工の日報に『バカネと言われた』とありますが」

社員『判りません、【バカネ】という名前の人はいません』

会社弁護士「臨時工の丁合日報に【バカネ】と、ありますが」

事業主『私は何でそんなことをやるんだ。臨時工だけに、隠れてそっと何回も忠告しました』

会社弁護士「そうすると、臨時工はどういう反応ですか」

事業主『もう、沈黙ですね』

私弁護士「このバカネの内容は、臨時工が辞めて文書にしてから判ったのに、なぜ、在社中に隠れてそっと忠告できたのですか、具体的に説明してくれますね」

事業主『さあ、記憶にありませんね』

【判　決】

『一回目の脳内出血迄において、臨時工が主張するような社員のイジメや、会社からの不当な取り扱いについては、これを認めることはできない』

社員は【バカネ】について何も述べていない。社員が【バカネ】に触れることは、社員が臨時工に対して強制違法残業を指示していることが明白になるからです。

裁判官の指示により、臨時工が書面化して初めて事実が判ったことなのに、事業主が書面化の前に臨時工に【そっと注意を何回も】と言っていること自体、時系列が完全に乱れています。また、仕事上の注意なら皆の前で叱りつける性格のものを、【そっと】はありえません。まったく、筋の通らない発言です。

●【判決文の一回目の脳内出血までにおいて。と、不当な取り扱いはない】。この【バカネ】の事件は一回目の脳内出血の事件の九年後に発生したものが、なにゆえに一回目の脳内出血事件に関係があるのか裁判官は、一切説明していない。裁判官の不法行為でありま す。また、『不当な扱い』については、裁判官が臨時工に準備書面化を命じた、内容を一文字とて読んでないか、理解しようとしてないのである。

E【バカネ】の翌月、臨時工は会社で健康診断は実施しないので、会社を休んで区の健康診断受診のため、『翌日は健診なので休みます』と、改めて申し入れしました。事業主は【月二回も病院に行くことはない。どうしても会社を休んで行くなら、二度と会社に来なくてよい】と言われたので、「明日行くのは辞めます。ただし、会社の許可を取って申し込んだものですから、これに変わる健診の予約をこの場で事業主が取ってください」と申し入れしましたら【明日健診に行ってもよいと態度が変わりましたが、今行っている丁合を、終えてから帰るように】と命令され、私一人深夜残業をさせられました。

その後に、翌日脳内出血の定期診察なので、会社は休みますと事業主に話しましたら【二、三分の診断のために、会社を休むことはない】と、会社に出てくるように命令されました。私は、事業主に『明日九時に事業主が会社に来て、私の診察券を持って、病院に行って私の薬をもらって来てください。今日で薬がなくなります』と言うと、事業主は明日病院に行ってていいが、明日やる丁合の仕事をこれから終えてから帰るようにと言われ、深夜残業をさせられました。

健康診断も定期診察も前もって許可を得ています、会社全体として真面目に作業進行方法を考えるべきで、安易に臨時工一人だけ残して残業をさせることではありません。

しかし、会社は一般の企業常識がなく前もって届けても、有給休暇は与えません。それで、これ以後【休むこと】は会社に届けるのを止めました。冠婚葬祭などで届けても嫌味を言われるだけなので、このときから、仮病を使って休むことにしました。それも九時三十分後の役員か社員が必ずいる時間に電話します。これは、九時前にアルバイトが電話を取った場合、電話の責任をアルバイトに転嫁し、バイトや他の臨時工に迷惑をかけないためです。

私準備書【臨時工には法的健康診断の不実施。また診察などの有給休暇の不実施も法違反】

私準備書【この二件の残業について、会社および事業主は一切否定していない】

●**裁判官**【判決放棄】

F　七月五日の午後二時半頃、突然事業主が今日は仕事を四時半に終えて、五時から七時まで、鶏肉屋で慰安会をすると言ってきました。私も帰り支度をしようとしたら、事業主が来て【この仕事の納期は】と聞いたので、明日九時に客が取りに来ますと答えました。事業主は私に【慰安会ではあまり酒を飲まないで、慰安会の後、私一人残って仕事をするように**】**という命令でした。

私は事業主に酒を飲んだ後で、仕事を間違えたときは誰が責任を取るのですか。と聞きましたが、返事はありません。私は酒を飲んだ後は機械を動かしませんから、慰安会は休みますと言ったら、早く行く支度をしろと命じられました。私はこれ以上言っても無駄と思ったので、『酒を飲んでも仕事のできる人に言ってください。私は慰安会に行かずに、今、**会社辞めます**』と言ったら、好きなようにするようにと言われ、私一人が残って残業をし、事業主は私の側にくっついて私を監視していました。

それで私と事業主の二人が遅れて慰安会に行きました。慰安会場では、仕事をしない役員や社員が事業主がいないぶん、酔っぱらっており、事業主にはみんながご苦労様ですと、声をかけますが、実際仕事を終えた私に、ご苦労さんの言葉はなく、五片ぐらいが入った小鉢と少しあったまった生ビールの小が一杯だけ出されました。生温かい生ビールが口に入ってから、働かない人のためのバカな慰安会と理解しました。

【法　廷】

会社弁護士「臨時工に飲み会が終わってから、残業しろと言いましたか」

事業主『いっさい、ないです』

会社弁護士「タイムカードでは臨時工は五時三十三分まで一人で残業しており、事業主が臨時工の側にずっといて監視されたと主張。臨時工は会社の鍵は持っていますか」

事業主『まるっきり、なしです』

私弁護士「臨時工は、鍵がないのにどうやって慰安会に行ったのですか」

事業主『さあ、判っていません』

●**裁判官**【判決放棄】

G　ある春の昼休みに友人から電話がかかってきて、夕方会えないかと言うので、側にいた事業主に話して、定時退社の許可をもらいました。

五時に帰ろうとしたら、事業主は【皆がしている手織り作業を終えてから帰るように】

と言ってきました。私は昼休みに「定時退社の許可を得ているので帰ります」と話しましたら【嫌なら、明日から来なくていい】といつものように脅かしてきました。事業主の前で、急な仕事で一時間ぐらい遅れる、と会社の電話で友達に伝えました。

六時ごろ退社して、駅に向かっているときに、急に強い雨が降ってきました。信号に従って横断歩道を歩行中に、信号無視で右折してきた大型トラックに跳ねられて、某大病院に救急車で搬送されました。翌日と次の日も検査があり、相手の車で送迎されました。

事業主に三日の有給を頼みましたら『俺が相手の会社から三日以上の金を取ってやるから、示談は俺に任せろ』と言ってきて、事業主の残業命令が事故の発端なのを棚に上げたような話をされました。なお、示談は会社でなく警察署で行いました。

【法　廷】

会社弁護士「臨時工が通勤のとき、困ったというエピソードを聞いたことはありますか」

若い役員『歩いている後ろから、クラクションが鳴ってびっくりしてわざと転んで、それでケチをつけて事故扱いにして、金を取ったと自慢気に話していました』

会社弁護士「そのエピソードを臨時工から聞いた」

若い役員『そうです。昼休みの食事のときに、自慢気に』

私弁護士「それは、いつ頃の話ですか」

若い役員『だいぶ前の話ですから、数年たっていると思います』

私弁護士「あなたの命令で、臨時工が二回目の脳内出血事件を起こした、四カ月前に起きた事故が、何でだいぶ前になるのですか。説明してくれますね」

若い役員『間違えました。記憶にありません』

会社弁護士「五時に帰ろうとしたら、残業を指示された。嫌なら辞めろと言ったそうですが」

事業主『いや、社員と喧嘩するなら、明日から来なくてよいと言いましたが、五時に帰るから明日から来なくてよいといった覚えはないです』

会社弁護士「社員とはどんな内容の喧嘩をしてたんですか」

事業主『私は見ただけですから、内容は判りません』

会社弁護士「見ただけでなんで喧嘩と判ったのですか。社員と喧嘩するなら辞めろとは、いつ頃から言ったのか、具体的に判りますか」

事業主『年中ですね。多くて判りません』

会社弁護士「これだけ問題のある臨時工を、なぜ辞めさせなかったのですか」

事業主『判りません。翌日、会社に来ちゃうんです』

●裁判官【判決放棄】

H　私の六十五歳の誕生日の日の昼食中に、私、私の隣に若い役員、その隣に事業主、その隣に親戚の運転手の四人でテーブルを囲んでいました。私は自分の運転免許証を出して、若い役員と事業主に【免許証の日付を見てください】と頼みました。若い役員は今日が私の誕生日であることを確認してくれました。私は『今日から六十五歳の高齢者であり、四級の身体障害者なので、今日からは六時までしか仕事はできません。主治医と相談した結果、六時以後の残業は身体の健康のために一切なくしてください』と頼みました。事業主からは返事はありません。なにも言わないので私は了承してくれたものと思いましたが、帰れたのはその日、一日だけで割増給のつかない残業はずっと続きました。

【法　廷】

会社答弁書【臨時工が残業しないよう配慮しており、臨時工からの強い要望がある場合のみ残業を許容したに過ぎない】

私準備書【私は法律で定めている『週四十時間』を頼んだだけです。タイムカードをみていただければ一番残業が多いです。これすべてが私が強く要望していると言っていますが、割増給のつかない残業を、自分から進んでする人はいません。私も要望しません】

事業主陳述書【臨時工が身体障害者という報告は受けていません。ただ、バスがタダに

なったと昼休みに自慢げに言っていたことは、覚えています】

私弁護士「あなたは、残業は嫌だったんですか」

私『私の誕生日の日の昼休みに、事業主に今日から高齢者なので残業は止めてください。これは主治医の意見でもあります。と話しました。下を向いてウン、と言っただけですが、ダメとは言いませんでした。ただ、残業はなくなりませんでした』

会社弁護士「臨時工の誕生日に免許証を見せて、残業は止めてくれと言いましたか」

若い役員『その話は、聞いたことがないですね』

会社弁護士「あなたに免許証か障害者手帳を、示したことはありますか」

若い役員『認定が下りて、公共の乗り物がタダになったということを伺いました』

私弁護士「乗り物がタダになったということは、いつぐらいの話ですか」

若い役員『倒れる前ですね……一、二年前ぐらいだったと』

私弁護士「おかしいですね。十年前に認定を受けていますよ」
若い役員『自分はそれは、知らなかったんで』
私弁護士「十年前に障害者四級で、手帳も交付を受けていたことは知っていますね」
事業主『いや、それは存じてないですね』
私弁護士「会社印や事業主印はあなたが押すのでしょ。知っているはずですが」
事業主『いや、私は聞いたことはありません』
私弁護士「税務申告のとき、障害者控除を使い、源泉徴収票に、あなたが事業主印を押していているはずですが」
事業主『知りません。私は事務より報告は受けていません』
●**裁判官**【判決放棄】

ー　前の件の翌月、事業主が来週から入院するので若い役員の指示に従うように言ってきました。翌週の月曜日の午後、親戚の大切なパーティーがあるので前もって、若い役員に話して早退の許可を得ました。当日、私が帰ろうとしたら病院にいるはずの事業主が私の前に立っていて、【なぜ帰るのか】と言うので、何で事業主がここにいるんですかと聞いたら、『病院は退屈なので脱走してきた』と言いました。若い役員から親戚の大事なパーティーに出席するので、早退の許可は取っていますから帰ります。と話しましたら事業主は【役員は作業の指示はできるが、早退、退社の権限はない。すぐ仕事しろ】と言ってきました。

　このとき、若い役員は私に早退の許可を出したことは話してくれません。私は若い役員が【責任の重さ】を知らない会社にいてもしょうがないと思い『じゃ、いま、**会社辞めます**』と言ったら。【辞めなくてよい。その代わり、今後は帰るとき、役員の許可を得た後に、事業主の許可も取るように】と言われ、そのため定時の五時に帰るのにも、私一人は二人の許可を取らないと帰ることができなくなりました。

話は変わりますが、女子アルバイトが舞踊発表会に出るためには前日の土曜日の稽古の会に出なければ、発表会には出られません。そのため、一週間も前に事業主に早退の許可を得ていました。当日、女子バイトが帰るところ。事業主は『何で帰るんだ、忙しいからバイトを雇っている』。「事業主の許可は前に受けているので、稽古に行ってきます」と女子バイトが話したところ。事業主は『先週は予定が入ってないから早退してよいと言ったが、今は仕事が入っている。早退は認めない、早退するなら、いま、解雇する。クビだ』女子バイトはビックリして、「クビにしないでください」と事業主の足元に膝まずいて泣きながら叫んでいました。一時になって『早く仕事しろ』で終わりましたが、この間、役員や社員は会社からいなくなり。始終見ていたのは臨時工とアルバイトだけでした。

【法　廷】

会社、事業主、若い役員の誰一人も、この事実を否定していない。

●裁判官【判決放棄】

Ｊ　月末に近い、一番小遣いが少ないときに、定時に仕事が終わり帰ろうとしたら、古い役員から、たまには一回ご馳走しろと強く要求されました。月末で持ち金がないので、行きつけの湯島の店に電話して、二人分をツケにしてもらうように頼みました。

このとき、社員が勝手についてきたので、役員に社員の分は私は払いませんと話しました、役員は社員に私と話があるから、あなたは帰るようにと、はっきりと来ることを断ってもらいました。

二人で気持ちよく飲んでいるところに、『遅くなりました』と社員がわれわれのテーブルに座ろうとしたので、マスターにこの人は、われわれとは関係ありませんから、別な席にしてください。それと、支払いはどうなるのか聞いたほうがいいですよと話しました。社員はズボンのポケットから一万円札を見せて、これで払いますと。その後、店の忙しさに紛れて、ついたホステスにわれわれが払うと嘘をついて、支払いをしないで帰りました。

この話をホステスから聞いたマスターは、これは不払いの常習者のやり方なので、警察に届けます。われわれ二人は証人として一緒に警察に行ってもらいたいと言われ、承諾しました。その後、役員が『私の責任で始末するので、警察は止めてもらいたい』と強く何回も言い出したので古い役員の責任で解決することになりました。
○ところが、これからが大変だったのです。
役員は返済をしないのです。そのため、毎週土曜日の午後マスターから催促の電話が会社にかかってきました。社内の拡声器から【役員さんにマスターさんから電話です】すぐ、役員は社外に脱走です。【社員さんにマスターさんの電話に出てください】すぐ、社員も同じように社外に脱走します。すると拡声器からは【臨時工に、代わりに電話に出てください】
私は会社中の皆に聞こえるように『社員の飲み逃げドロボーで二人とも電話にも出ないで責任を取らないのだから、時効前に二人を警察に届けたほうがいいよ。いつでも私は一緒に警察に行って証人になるよ』と言って電話を切りました。すると、事務の社員が聞きに来ます。私は社員の飲み逃げドロボーと、役員が責任を持って払うと言ったのに払わないことを皆に聞こえるように大きな声で話しました。その間、事業主は聞こえているはずなのに知らん顔です。
私は社員が飲み逃げドロボーの責任に深く反省し、一日も早く飲み代を払うきっかけになればと思って、♪『飲み逃げドロボー早く死ねー飲み逃げドロボー早く死ね』。とアメリカ民謡の調子で会社中に聞こえるように大きな声で歌いました。特にこの社員が近くに来たときは特別大きな声で歌いだしました。事業主も役員も私に辞めろとは言いません。

　半年近くたった土曜日の午後十一時半後に、マスターが店を閉めようとしたら、グテングテンに酔っぱらって、真っすぐ歩けない足取りで店に入ってきて『金を払いに来た』と言いながら一万円を出したのは役員でした。泥棒をした社員ではなかったそうです。

　この店のマスターはバーテンダーの先生もしていますが、こういう件で、上司が関与した場合は二、三日で飲食代と菓子折りを持って謝罪に来るのに、この会社のように役員が直接責任をもつと言ったのに電話にも出ないで、金を払いに来たのが飲み逃げした社員でなく、酔っぱらった役員が、一言も謝罪しないのは初めてだと。生徒によい教材ができたが、このことは、半年間近く電話して事業主は知っているのが当たり前で、知らない顔をしているのが不思議だと思う。そのため、一番悪いのは、解決する心がない事業主だね。と言ってました。

　また、この社員は、この前に、私と近くの顧客の印刷屋の社員と二人で飲みに行ったとき、勝手についてきて、トイレに行くと言って、帰ってしまい割り勘を払いませんでした。

　翌日、顧客から社員に用があるから、必ず社員に来るようにと電話がありましたが、要件が判っているので社員は行きません。顧客の社員から顧客の社長に、社長からうちの事業主に話をしてもらったそうですが、割り勘は取ることができなかったそうです。

また、それの前に臨時工三人で一杯飲んで帰ることになりました。後ろから社員が来て本人も入れてくれと言いましたので、初めて社員から臨時工三人がご馳走になろうと話しました。社員は割り勘だと言いました。飲み始めた頃社員から『社員の関係している某団体では、上の者が顔を出したときは、下の者が気を使って、上の者には一銭も払わせない』と訳の判らないことを一人でブツブツ言っていました。臨時工三人で夢中になって話している間に、社員は割り勘を払わずに脱走していました。翌日、割り勘を払うように言いましたが、社員はわれわれがご馳走するから、仕方なく付き合ってあげたんだと言うだけです。事業主や役員に割り勘を払うように話してくださいと頼みましたが。一銭たりとも取ることはできませんでした。結局、この社員は酒は飲んでも金はびた一文払わない性格なのです。

【法　廷】

会社準備書【臨時工は日常的に社員に対して、他人に聞こえないように小さな声で悪口

の歌を歌い続け、社員以外の者が近づくと、悪口の歌を止めた】

社員陳述書【社員のバカは早く死ね、悪口を節をつけて歌ったり、他の人が周りにいないと、スイッチが入ったように悪口の歌を歌っていました】

事務社員陳述書【臨時工は社員に、死ね死ねとお経のように歌っていました】

事業主陳述書【臨時工は、社員に死ね死ねと歌を歌っていた】

私弁護士「臨時工が、飲み逃げドロボーと言っていますが、聞いたことはありますか」

若い役員『飲み逃げ泥棒という話は、僕は聞いたことはないですね。社員の名前とか、バカとか死ねとか、僕には聞こえてしまいました』

私弁護士「あなたは臨時工から、飲み逃げ泥棒早く死ねと言われたんでしょ」

社員『そういうのは初めて聞きました』

私弁護士「じゃあ、臨時工の知り合いのお店に飲みに行ったことはありますか」

社員『あります』

私弁護士「で、そこで一万円払わずに帰りましたね」

社員『そのときは相当酔っていましたので、まるっきり覚えてないんですけれども』

私弁護士「では、どうやって帰りましたか」

社員『覚えていません。朝起きたら家にいました』

私弁護士「マスターから、何度も催促の電話が有ったのになぜでなかったのですか」

社員『電話ですか。記憶にないです』

会社弁護士「臨時工、役員、社員で飲みに行ったとき、社員は金を払わなかった」

事業主『役員にいつも言うんですが、自分で行ったら自分で払えよと。臨時工にご馳走してもらうなんてもっての外だと、この裁判で判りました』

会社弁護士「いや、社員が飲み代を払わなかったことがあるんですか」

事業主『私と飲みに行ったら、もう、私が全部払いますから』
会社弁護士「臨時工がこの裁判の中で、社員の飲み逃げ泥棒と」
事業主『それはですから判りません。私の知っているあれじゃないですか』
私弁護士「あれ、とは具体的に話してくれますね」
事業主『……』
私弁護士「あなたは社内で起こったことは全部判ると話しています。数十回にわたってマスターから、役員や社員に電話がかかってきて、その度に二人が社外に逃げたことを、どう、思っていましたか」
事業主『数十回にわたる電話、一切記憶がありませんね』

【判　決】
『臨時工が主張するような社員のイジメがあったとは言えず、事業主がことあるごとに社員の肩をもち、不当に扱っていたような事実も認められない』

四の十一

●会社に意見すると、無断で一方的に減給される、物語。

A　私が最初に脳内出血で倒れた年に、丁合の責任者ということで、三年前より【月額三万円の丁合手当】が支給されていました。それが説明もなく給与票を見て、半額に減給されていたことが判りました。そのうえ、さらに全額なくなりました。私は丁合手当はなくなったので、丁合の責任者でなく、丁合の責任者は他のものに変わったと自覚しました。しかし、事業主は【おまえは丁合の責任者だから、一番難しい機械を今まで通り任せている、丁合の間違いの責任を取れ】と言ってきます。払われるべきものは払われず、社員の間違いの責任だけを取らされる役になりました。

B　ライブドア事件で世の中が騒いでいた頃の、強い台風九号が来た日の朝です。杖と傘をもって駅まで歩き始めました。身体障害者四級の身体では強風雨のため十メートル歩くのもやっとでした。どうしても歩いて駅に行くのは困難なので、自宅に戻り、会社に電話しました。電話には役員が出たので「強風雨で歩けないので休みます」と話しましたら『この程度の雨で休むとは、どうなってもいいんだな』と言ってきましたので、「あなたのように会社の車で通っている人には判りません。傘を差さずに駅まで歩いてみてください」と話して休みました。この月末の給与袋を見ると、この月の一日から【時給が五十円減額】されていました。理由等は何も書いていません。台風で休んだしっぺ返しです。辞めるまで続きました。

C　ソニーのノートパソコンが世の中を沸かした頃。私は平常通り八時半頃出社し、ゴミを出し、玄関や社内外の掃除をして、コーヒーを沸かした九時になっても事業主、役員、社員の一人も出社していません。臨時工やアルバイトがコーヒーを沸かしても、最初に飲むのは役員か社員という暗黙の了承がなされていました。命令するものが一人もいないので手持無沙汰のため、この朝は上の者が来るのを待たずにコーヒーを飲んでいましたら、事務の社員が遅れてきて『九時なのに仕事をしないで、コーヒーを飲んでいるなら、時給を下げます』と言ってきたので、私は「周りを見てください。事業主も、役員も、社員も命令する人は誰も来てませんよ。まず、先に、来ていない人の給与を下げるべきじゃないですか。それで私は何をするのか、今すぐ指示をお願いします」と意見を提示しましたら、本人のコーヒーカップにコーヒーを入れて黙って事務所に行きました。

ところが、この月の給与袋の中のタイムカードのコピーには【今月から時給を千二百円で計算します】と書かれており、同月一日から一方的に時給を千四百円から千二百円に時給で二百円。月額で約四万円を社員より先にコーヒーを飲んで、意見を具申したために一方的に減らされました。

【法　廷】

会社答弁書【臨時工は始業直前に出社するため、朝仕事前に雑用をしたことはない。また、時給を二百円下げて千二百円にしたと主張しているが、会社にはこのときのデーターは存在していないので、これを裏づける書類を提出せよ】

私準備書【データーはないと主張しているが、『賃金台帳』は保存義務があり、データーなしは違法であります。私が裁判所に証拠として提出したタイムカードでは、減額前は出社時刻、平均八時半で雑用をしています。減額後は雑用はやめて九時三分前に出社。また、事務社員の手書きの書体で『今月から時給千二百円で計算します』と、明確に説明のない一方的な減額を指している】

私弁護士「あなたは会社から三度、勝手に給与支給を減らされましたね」

私『最初は丁合手当を月額三万円から、一万五千円に、それから0円になり、丁合責任者手当はなくなりましたが、丁合の責任者として社員の間違いの丁合の責任だけは取らされました。その次は、台風で強風雨のため行けなくて休んで時給が五十円減額。次は、朝指示を出すべき人が一人もいないので時間つぶしに、上司より先にコーヒーを飲んだために時給が二百円、月額約四万円が一方的に減額されました』

会社弁護士「丁合手当を臨時工のみに、払っていましたか」

事業主『いや、誰にも手当は払っていません。ただ、忙しいときは皆の給与を上げました』

会社弁護士「毎月給与が変動するんですか。その記録は残っていますね」

事業主『そうです。記録はあります』

会社弁護士「臨時工が台風で休んだら、五十円減らして千二百円にしましたね」

事業主『五十円は過払いで、社員の間違いなので、正しい金額に訂正したまでです』

私弁護士「千二百円の、賃金カットの話を聞かせてください」

私『タイムカードには事務の社員の手で【一つ一つの作業に時間がかかりすぎます、皆で注意しましょう】と書かれていました。事業主に一つ一つの作業の具体性について、減額になるほど重い内容であったのかを今日この裁判所で、説明を求めます』

私弁護士「【皆で注意しましょう】と書かれていたのですか。そうすると、皆が時給が下がったのですか」

私『事業主の兄は一銭も下がっていません。アルバイトの女子も一銭も下がっていませんが、一分遅刻しても二十九分加算され三十分の遅刻という減額処理というイジメを会社より、受けていると言ってました』

私弁護士「減額されたときに、あなたから文句は言いましたか」

私『事業主のお兄さんに相談したら、事業主に言う前に、再就職先を探すようにと、注意されました』

私弁護士「つまり、そんなことを言ったら、クビになると言われたんですか」

私『そうです。事業主のメンツを潰したことになるから、間違いなくクビになると』

私弁護士「早く帰りたいときに、帰らないで残業しているのは、どうしてですか」

私『残業を断って帰った場合、時給を二百円下げると。よく、事務社員が私の側に来て、アルバイトの時給は千円までで、それ以上は高すぎると言っていました。それで、残業しないで帰ったら、クビになるか、時給が千二百円から千円に、月額約四万円下げられるという、恐怖感をもって、毎日仕事していました。過去が過去だからです』

会社弁護士「仕事の量ですが、平成十年（最初の脳内出血事件）から二十一年（違法解雇）までを見て、どうですか」

事業主『今（裁判中の二十三年）が一番悪く、二、三割落ちていますね』

会社弁護士「時給を二百円減らして、千二百円にすることは、事業主から臨時工に直接話しましたか。本当に話したのならタイムカードに書かないのではないですか」

事業主『事務社員から言っています。それで給料日にタイムカードに書いて』

私弁護士「どういう理由で、下げたんですか」

事業主『本人に今月からその値段にしますということは、事務のほうから話をしています』

私弁護士「あなたは確認していますか」

事業主『事務の方から、そういう伝達を回してますから』

私弁護士「その理由は、なぜ二百円も下げたのですか」

事業主『売上が伴わない事、不景気と、他の従業員もそういう風にやってました』

私弁護士「他の従業員と言うと、役員や社員、事務の社員やアルバイトはいくら位下げましたか」

事業主『すいません。今記憶はありません』

私弁護士「臨時工は納得して、何と言ったのですか」

事業主『判りました、と言ってくれましたけれども』

私弁護士「それは、あなたが直接聞いたのですね」

事業主『事務の社員から聞きましたが』

●裁判官【あなたとしては仕事を、続けたかったのですか】

私『時給が二百円、月額四万円減額されてから、労働意欲は完全に消失しました。減額前は会社に三十分前に出て雑用を一人でこなしていました。減額後は事業主の兄から強く頼まれましたが三分前にしか出ないと決意しました。また、前は自分から進んで仕事に取り掛かりましたが減額後は上司が命令するまでは、例えば一時間でも命令がなければ仕事はしません。また、減額前は内容を見て進んで残業をしてましたが、減額後は五時になると機械を止めて帰る支度を始めました、すると上司が来て、クビになりたくなければ残業しろと言われ、割増給のつかない違法残業を嫌々させられました。

また、私は六十歳台で障害者なので年金を取ってました。年金は働いて金が入ると減額されます。それだけに、割増のつかない残業はタダ働きと同じです。総合してみれば金は減らされます。そんな残業を喜んでする人はいません。顧客の印刷屋さんでは、法律には反してますが、年金者の残業代は、他の名前にして払っています。ですから、年金は減らされません。そのうえ年末年始の休み、五月の連休や八月の夏休みは有給休暇扱いです。働く者に配慮しているので、人の出入りはこの会社のようにありません。会社は私が勝手に残業して、困っていると言っていますが、それは、時給が二百円下げられる前の話で、減額後は、一切自分から進んで仕事はしていません』

●**裁判官**【臨時工に払った給与はどの位変動していたかというのは、今、この場であなたの記憶で話してもらっても、不完全なところがあるでしょうから、会社でそういう資料になる賃金台帳があるはずですから、ちょっと出してもらえますか】

事業主『ええ、あります。提出します』

【判　決】

『丁合責任者としての手当を切り下げたという点については、そもそも事業主は丁合責任者として特別の手当は出したことはないとされており、臨時工の主張を認めるに足りる証拠はない。また会社が臨時工の賃金を減額した事実は認められるが、このことは一回目の脳内出血後作業効率が落ちた臨時工について、他のアルバイトと同じ時給にしただけであって、臨時工に対するイジメと評価することはできない』

判決で【丁合手当】については、会社はもともと手当を払っていない、が証拠とされているが、裁判官が法廷で提出を求めた【賃金台帳】の提出を拒否したことは【もともと手当を払っていない】という証明にはなりません。

判決で五十円の減額は間違いだったとされました。しかし、間違いの基と、台風で休んだときに、なぜ間違いが判ったかは、証拠が一切なく、裁判官の臆測に過ぎません。

二百円の減額について判決は【脳内出血で能率の落ちたもので、他のアルバイトと同じ時給にした】としているが、事業主は『不景気なので、皆の給与と同じにした』と言っている。同法廷にて事業主は『景気の悪くなったのは臨時工が辞めた、裁判中の現在で、臨時工がいたときより三割落ちて悪い』と証言しており、裁判官と事業主とで、言っている内容がまったく異なることです。裁判官の言う【能率が落ちたのは】会社提出の書類の中には読み取ることができないことです。裁判官がブラック企業に配慮した判決です。

四の十二

●ブラック企業は、労働法に護られる。

イ、労働基準法　第三条【　均等待遇　】

社員には健康診断、有給休暇、時間外割増給の実施。臨時工やアルバイトは不実施、ただしハローワークから来た者には時間外割増給を支払うという差別あり。

●裁判官【　判決放棄　】

ロ、同法　第五条【　強制労働の禁止　】

会社証拠二号【丁合日報のバカネ】で、社員の強制労働を具体的に説明している。なお、この証拠は会社が、臨時工が社員をイジメた証拠として提出したものです。

●裁判官【　判決放棄　】

ハ、同法　第十五条①【　労働条件の明示　】

面接終了後に【労働条件通知書】を要請したが、臨時工には出さないと拒否された。

●裁判官【　判決放棄　】

二、同法　第三十二条【　労働時間　法定週四十時間労働　】
同法　第三十六条【　時間外及び休日の労働　】
同法　第三十七条【　時間外、休日及び深夜の割増賃金　】
同法　第三十九条【　年次有給休暇　】

会社準備書は正社員は週四日三十二時間労働を認め、臨時工は週六日四十八時間以上の労働を強要。また、三六協定は従業員と口頭にて締結していると主張。臨時工の提出したタイムカードおよび給与表により、十三年間におよぶ時間外割増給の未払い。有給休暇の不実施は証拠により違法は明白である。また、時間外割増給不実施で喜んで残業したとする証拠を裁判官は提出すべきである。

●【　判　決　】【三六協定をしないまま、時間外労働をさせていた事は認められる。
また、時間外労働についても、事業主が臨時工に残業を強要していた事実も認められな

い】

ホ、同法　第百八条【賃金台帳】

同法　第百九条【記録の保存】

会社答弁書では記録は保存していない。しかし、法廷での裁判官の提出要請に、賛同する証言をしたのに提出を理由もなく拒否した。

●裁判官【判決放棄】

へ、労働安全衛生法　第二十条【事業者の講ずべき措置等】

同法　第五十九条【安全衛生教育】

紙を切る危険な機械の【安全器のスイッチ】を入れない操作を強要される。また、社員は法廷で、臨時工も社員と同じくスイッチを切って作業をしていると証言。

●裁判官【判決放棄】

ト、**同法** 第六十二条【中高年齢者等についての配慮】

事件時、六十五歳の高齢者および身体障害者四級の身体なのに時間外労働を強制した。

●**裁判官**【判決放棄】

チ、**同法** 第六十六条【健康診断】

同法 第六十六の三条【健康診断の結果の記録】

同法 第六十六の四条【健康診断の結果についての医師からの意見聴取】

同法 第六十六の五条【健康診断実施後の措置】

同法 第六十六の六条【健康診断の結果の通知】

同法 第六十六の七条【保健指導等】

会社準備書【臨時工の主治医から残業を禁止されていると聞いたことはない。また。臨時工は日常的に医師にかかっていることから、一般的な定期診断は不要な状態であったこ

とを、特に付言する】

私陳述書【第六十六条は『医師による健康診断を行う』と単純明快であり、健康診断をしないでよい理由は何も見いだせない。また主治医は「かかっている病気を治すこと」であり、法定の健康診断は『新しい病気のあるなしを調べること』であり、目的はまったく違うものであります。会社が健康診断をしていれば脳内出血の原因となる、高血圧も事前に対処することができ、健康診断医により、残業の配慮も法的に求められたものである】

【判　決】【健康診断を実施していなかったことは認められるが、臨時工だけ特に健康診断を受けさせなかった事実は認められず、臨時工が主張する社員からのイジメや事業主における不当な取り扱いについてはこれを認めることはできない】

本判決で、【臨時工だけ特に健康診断を受けさせなかった事実は認められない】がその事実について具体的な説明を求めます。また、法律は『医師による健康診断を行う』であり、健康診断を受けさせなくてよいという解釈は裁判所だけです。

リ、**労働契約法**　第三条【　労働契約の原則　】
同法　第四条【　労働契約の内容の理解の促進　書面確認　】
同法　第五条【　労働者の安全への配慮　】

会社答弁書【復帰に際し、午後五時から十時までは割増手当なし、十時以降と休日出勤は割増五割と、臨時工と口頭で確認し実行した】
私口述調書【提出したタイムカードおよび給与表で証明されますが、午後十時以降の残業は、深夜は働かせてないということで時給すら払っていません。『私と確認し実行した』は完全な会社の作り話であり、対等なる合意は一切ありません】

【　判　決　】【事業主が臨時工の賃金を減額した事実は認められるが、臨時工に対するイジメと評価することはできない】

労働契約は対等の立場で合意しなければならないのに、具体的な対等の説明がないのは、臨時工は会社のために、ただ働く道具と、裁判官は評価したことになります。

五　強制残業下の二度目の脳内出血事件　退院即違法解雇

五の一

● 事実の時系列による経過

A リーマン・ショックで世の中が騒がしかった頃の、暑い七月のある日、定時の五時に正社員全員三名が黙って帰宅しました。それを見た事業主はアルバイト二人に退社を命じる。そして、事業主が私のところに来て、明日午前中納めの商品の丁合を完了したら帰るように言ってきたので、七時前には終わりますから、それまでは仕事をしますと話しました。この時点で会社にいたのは事業主、古い役員、中の役員、若い役員、親戚の運転手の事業主側の人間が五人、そして臨時工の私を入れて総員六名です。事業主側の人間は、事業主がいる限りは事業主より先には帰れない雰囲気の会社です。

【法　廷】

会社準備書1【五時半過ぎに、間もなく気分が悪いと座り込み、一一九番を呼んでほし

いと求めた。そこで他の従業員が一一九番を呼んだのである】

会社準備書2【臨時工は急ぎの仕事でない『見本帳』の丁合を開始した午後五時半頃、一人定時を過ぎても仕事をしているので、今日はこれで終わりと指示した。臨時工が「もう少しで区切りがつきますのでやらせてください」と述べて若干の残業を申し出たため、事業主はこれを受認した】

私弁護士「具体的に残業命令をする権限を持っているのは誰なんですか」

事業主『私だけです』

B　午後六時頃、若い役員が来て残業飯の注文を聞きに来ました。私は今の仕事が七時頃に終わるので、家で食べるから食事はいらないとはっきりと断りました。すると、若い役員は明日忙しくなると思うので、今日中に、もう一点、いまだ運送中で来てない品物を、着いたら丁合するように言ってきました。私は若い役員に【そんなに忙しくなるのが判っていたならば、高齢者の私でなく、何故私より若い正社員を残さないで、定時に帰したのか、教えてもらいたい】と問い詰めましたが、返答はなく【食事を取ります。もう一点終わってから帰るように】といって合意のない、割増給のつかない残業を勝手に命令していきました。私から二メートル離れた事業主は【私に七時まで仕事しろ】、といったことは一言も役員に話しません。一族五名の中で本当の責任の取れる人はいないのです。

会社答弁書【このときいたのは事業主、古い役員、中の役員、若い役員、親類の運転手の事業主の一族の五人と、臨時工の計六名である】

若い役員陳述書【私が明日忙しくなるかもしれないから、今日中にもう一点やるように臨時工に指示してきたという事実はありません】

私弁護士「臨時工が倒れた時間が午後六時と、あなたが確認して署名捺印したのですね」

事業主『いや、午後六時頃という記憶です。臨時工がこれをやらしてくださいというから、それじゃ誰か手伝ってくれと。それで、そこまでするなら食事を取りましょうと。他の人皆、足を引っ張られるという形です』

会社弁護士「あなたは臨時工に、残業のための夕食は何にするかと聞きましたね」

若い役員『食事に関しては僕が言ったのか、他の者が言ったのか記憶はありません』

私弁護士「若い役員が夕食の注文を、六時頃取ったんでしょう」

事業主『そうです』

私弁護士「夕食の注文を取るということは、六人全員臨時工の手伝いが前提ですね」

事業主『……はい』

C　六時半頃、若い役員が【もう一点】と言っていた印刷物を運転手がトラックで運んできました。若い役員は私が今している仕事が終わらないうちに断裁をしないと、私が帰ってしまうと思って慌ただしく断裁を始めました。運転手は、何か手伝うことはありますかと言ってきましたが、ないよと断りました。

会社答弁書【臨時工の希望により六時半まで残業させていたが、事業主は業務を終えて

帰るように指示したら、突然、慌てた様子になり丁合を間違えたと直し始めた後、体調の不調を訴え倒れたものである】

D　六時五十分頃、蕎麦屋が出前を配達してきたので、六人全員食事した。

E　午後七時頃、食事中に若い役員が仕事をしましょうと言ってきた。私は自宅へ食事は済んだと電話しました。このとき、私が帰らないようにと、断ち仕事をしていた若い役員が私に声をかけ、『台車に積んだ見本帳の複数の山のうち、ひと山の一番下だけ向きを逆に積んだ』と言いました。私は一見しただけでは判らなかったので、判るように【しるし】をつけるように依頼しました。しかし、この依頼は上司としての責任感がなく完全に無視されました。

会社答弁書【若い役員、残業の場合は七時に食事、そこから二十分休みが決まりです**】**

会社弁護士「この日は忙しかったんですか」

若い役員『忙しかったという、イメージはないんですけれども』

会社弁護士「紙の山の束の一番下だけを向きを逆にして、臨時工から【しるし】をつけてくれと言われましたか」

若い役員『その記憶はありません』

私弁護士「このとき、社員はどこにいたのですか」

若い役員『社員は全員退社しています』

私弁護士「臨時工に残業させているのに、何故社員は退社しているんですか」

若い役員『社員の都合で帰ったんじゃないですか』

私弁護士「食事については」

若い役員『食事に関しては覚えていません。僕が出前を取ったか、覚えてないです』

私弁護士「この日あなたは食事を取っていますか」

若い役員『仕事が……覚えていません』

私弁護士「断裁機の前で作業をしていたあなたが、臨時工に声をかけましたか」

若い役員『……そうですね。ないですね』

私弁護士「台車に積んだ見本帳の複数のうち、ひと山だけ間違いがあったのは」

若い役員『ないです』

私弁護士「すごい記憶ですね。後で間違えないように【しるし】をつけてほしいは」

若い役員『そうですね……』

私弁護士「紙の天地は判るから【しるし】を入れなくてもあなたなら間違わないと」

私『そういうおごりが間違いを起こします。若い役員からここら辺まで間違えていたと言われて、それを一見見たときにはどこを間違えているか判りませんでした。だから【しるし】をつけてくれと言いました』

F　七時十分頃、若い役員が、断裁を終えた【見本帳】の見本と本文を積んで丁合場に運んできた。

会社準備書5【紙を臨時工の手元に持ってくるのは別の者で、臨時工にはさせてない】

私弁護士「あなたは断裁した紙を、丁合のところに持っていったのではないですか」

若い役員『はい』

私弁護士「この日、断った紙を何回も丁合のところに持っていったんではないですか」

若い役員『そのとき、断裁しても丁合する物がすべてではないので、何を切ったか特に覚えてないです。皆が帰っている状態なんで、丁合をすぐやってもらう状態ではないです』

私弁護士「臨時工は七時十分頃、あなたが運んだと言ってますが」

若い役員『ないです』

私弁護士「じゃ、誰が運んだんですか。運んだ者がいるから臨時工はこの仕事をしたのではないですか。それでは事業主ですか、古い役員ですか、中の役員ですか」

若い役員『判りません』

私弁護士「じゃ、あなたは何をやっていたんですか」

若い役員『断裁をしている』

G　七時十五分頃、【見本帳】の見本を確認していたら、急に【めまい】がして、頭が重く痛みを感じて、一回目の脳内出血と同じ症状を感じました。八メートル離れた若い役員に「メマイがして、身体の具合が悪いので今日は休ませてください」と頼みました。しかし、若い役員は『食事も食べたので、仕事が終わったら帰ってください。早く仕事にかかるように』と、ひと休みすることも許されず。残業を続けるように言い渡されました。この仕事は明日の午後三時が納期なので、明朝から始めても十分間に合う仕事でした。私の丁合機の側で遊んでいる親戚の運転手に「この会社は若い正社員は定時で帰らせて、体の悪い高齢者はひと休みもさせないで、仕事しろ。割増の金も払わないのにいばっている」と愚痴を言って仕事に戻りました。

会社答弁書【臨時工が午後八時まで残業したり、若い役員に帰宅を促したことはない】

若い役員陳述書【私は具合が悪かったら、必ず休んでくださいと言っています】

会社弁護士「七時十五分頃、八メートル離れたあなたに臨時工が、体の具合が悪いので休ませてくれと言ったのに、あなたは休ませなかった」

若い役員『それはありません』

会社弁護士「臨時工が辞める約十年間で、臨時工が残業はしたくない、残業をやらせないようにしてほしいと言ったことを聞いたことはありますか」

若い役員『ありません』

私弁護士「臨時工が具合が悪いから、帰らしてもらいたいという話は」

若い役員『ないです』

私弁護士「この日の七時から八時まで、あなたは何をしていましたか」

若い役員『仕事中に臨時工の具合が悪くなったということで支えに行って、病院に搬送された記憶はあります』

H　七時半頃、私が一回目の丁合を終えて、二回目の品を丁合棚に入れ始めたところ、若い役員が向きを逆にしたと述べたところに、約束した【しるし】がついていなかったことに気づかずに丁合を始めたことが判りました。このとき、私の横で時間潰しをしていた運転手に、若い役員が約束を守らなかったことで、発生した間違いのページの向きを直してもらうように話をしました。事業主は明日作業すればよいと言っています。それが事実ならば、この時点で帰宅しています。

I　七時四十五分頃、私は頭の中で何かがプツンと切れた感覚に襲われ、手に持っていた品物を落とし、唾液がダラダラと止まらなくなりました。この感覚が前の脳内出血と同じなので、一番近くの二メートルほど離れた事業主に『頭の血管が切れた。救急車を呼んでくれ』と大きな声で頼みました。ところが、二メートルの完全に聞こえる距離なのに知らん顔で私に背を向けたままです。この私に背中を見せたままの態度は救急隊が来ても変わりませんでした。会社の責任者としての自覚がなく、個人で請けた会社の仕事でない小遣い稼ぎの仕事でいっぱいで、臨時工は人間と考えてない証拠です。このため、私は自分の携帯電話で一一九を必死になって押そうと試みましたが、脳内出血のため手が震えて番号を押すことはできません。側にいる運転手も事業主も若い役員も古い役員も知らん顔して完全に無視されました。そのうち、気を失って椅子に座ったままになりました。

事業主陳述書【私は近くにいた運転手に、手伝うよう指示したら、臨時工は調子が悪いので救急車を呼んでくれと言い、古い役員が電話をしました】

若い役員陳述書【臨時工の近くにいた運転手が『臨時工が具合悪いみたいですよ』という声が聞こえて、臨時工の近くに行きました】

会社弁護士「倒れたときの状況を教えていただけますか」

若い役員『僕は入口の近くの断裁機で作業していまして、臨時工は十メートル離れた丁合機で作業していまして、臨時工が具合が悪いというアピールを事業主と話をして、その近くにいた親戚の運転手が僕に言ってきて、それでそのとき初めて気がついて、すぐ支えに行きました』

会社弁護士「あなたが駆け寄って、その後はどうされましたか」

若い役員『事業主の指示で、救急車を呼びました』

私弁護士「あなたは先ほど七時から八時まで臨時工を支えていたと証言しています。それでは伺いますが臨時工を支えながら、事業主の命令で救急車に電話したと言っています。具体的に支えながら、どうやって電話ができたんですか説明してください」

若い役員『倒れる前に、私が支えましたが……あとは記憶がありません』

会社弁護士「臨時工が七時四十五分頃、品物を落としてヨダレが流れた時点で、あなたに救急車を呼んでくれと依頼をしたんでしょう」

事業主『はい』

会社弁護士「あなたと臨時工の距離は二メートルくらい」

事業主『そうですね』

私弁護士「会社の弁護士さんの質問に七時四十五分頃に電話してくれと頼まれたのに。なぜ三十分も遅くなって電話をしたのですか」

事業主『……記憶がありません』

J　午後八時過、気がついて、このままでは黙って会社に殺されるという、強い強い恐怖感に襲われ、必死の声で『事業主！　俺を殺すのか。早く一一九を呼んでくれ』とできる限りの声を張り上げました。それでも、事業主は何らの行動を起こしません。すると、事業主の後ろにいた古い役員が、事業主の横にある電話まで駆け寄ってくれて一一九番に電話をしてくれました。

会社弁護士「あなたはなかなか救急車を呼ぶ手配をしなくて、臨時工から『俺を殺す気か、早く救急車を呼んでくれ』と言われたんではないですか」

事業主『いいえ、そんなことは言われません』

会社弁護士「血管が切れたと、臨時工は言っていたんじゃないですか」

事業主『もう、判りましたから、すぐ電話、それから若い役員に抱えろと、それで救急車が来るまでずっと抱えていました』

K【午後八時九分、救急隊の電話受信記録】

これより十分後くらいに到着し、治療が始まった。私の周りには事業主一族五人がいたのに、倒れてから電話するまでに三十分もかかっているのは、一般では考えることのできない時間です。しかし、この会社の臨時工やアルバイトに対する考え方が如実に表れております。会社のしたことは安全配慮義務、高齢者配慮義務、身体障害者配慮義務及び注意義務違反です。

会社陳述書【午後八時九分、救急隊の電話受信記録】

私陳述書【会社の弁護士は私の自宅に何回も電話してきました。『倒れた時間と救急隊に電話した時間が遅過ぎると言ってきました』会社準備書では六時に私が倒れたと事業主が署名捺印しています。二時間以上の差があります。本来私の弁護士に電話すべきものであり、裁判中に直接私に電話するのは非常識です。私の弁護士より質問は内容証明による文書にしてくれ、と話してからは電話はなくなりました】

J　臨時工の専門職【丁合】について

若い役員および社員陳述書【丁合の仕事は簡単で、派遣の人にやり方を説明しただけで支障なく丁合ができました】

私陳述書【普段、丁合をしていない若い役員と、間違いの多い社員は丁合は簡単な作業と言っている。（前述した二の四）丁合日報は社員の間違いの多さのために書くようになった。

（二の八）二冊取か三冊取かによる社員の丁合間違い。（四の八）社員の丁合間違いを転嫁され四十万円を弁償しろ。このように、社員は丁合は簡単だと話しても、社員は間違えても事業主は何も叱責しない、その分、臨時工に責任転嫁されている。社員は間違えても叱責されたことがないので簡単な仕事と思っているのです。現在、業務として丁合を行っている若い社員は簡単な作業とは言っていません。そんなに簡単ならなぜこの日、やる仕事がなかったと証言している、若い役員が変わってやらなかったのか。これは、若い役員では技術的に無理なので手をつけずに、私にやらせたのです。このときの丁合は紙の見本帳で、一般の製本の倍の値段が取れるものです。普通の会社なら断る仕事です、それだけ丁合の仕事は難易度に差のある仕事です。そのため、事業主以下五人も私を手伝うために食事をして残っていたと事業主は言っていますが、なぜか、残っていたのに、進んで手伝う人がいなかったことです。事業主も運転手のみに手伝うように証言しています】。実際は私が直しを頼みました。その運転手も私が倒れたときに電話はしてくれませんでした。

五の二

●二度目の事故の　判　決　文

★判決言渡　主文

【被告は、原告に対し、二十万円弱およびこれに対する平成二×年×月×日から支払い済まで年一四・六%の割合による金員を支払え】

【　原告私見　】この裁判は時間外割増賃金未払い分の請求と、不当労働行為に対する損害賠償の請求です。しかし本文には、【時間外割増賃金の未払い分の請求】と一番大切な事が書いていません。

この判決文ですと、会社の不当労働行為による違法残業行為はないということになります。入社面接で『残業の話は一言もありません、私は残業のない進んだ会社と理解してしまいました』三六協定については従業員との合意があった（ただし、書面でなく違法な口頭の合意を合法と裁判官は判断している）しかし、私は三六協定は聞いていませんから、合意のない違法残業です。

私の時給は千二百円で［八時間×二十五日＝二百時間、違法な週六日四十八時間労働］で、月額二十四万円です。実際にはそれより多く三十万円以上になっています。この余分な分の支給は残業でなく、あくまで一般労働の延長での支払いであって、時間外労働ではないと裁判官は判断していることです。

その証拠が時間外割増給与の不実施です。時間外は会社は支払っていないので主文に違法残業行為の支払いと書いていません。残業の割増給与未払は合法と判断しています。このことは裁判所の風土と考えれば、なんとなく判ります。しかし、納得はしません。

★判決　事実および理由

『本件において、臨時工の二回目の脳内出血は、残業中に発症したものであるが、臨時工はもともと高血圧症の**持病**を有し、約九年前の平成××年に一回目の脳内出血を起こしている。

したがって、臨時工の二回目の脳内出血の原因が会社の業務が原因で発症したものと言えるかについて、厚生労働省の認定基準に照らして、以下検討する』

★判決　事実及び理由　二回目の脳内出血の発症状況

原告が担当していた丁合の仕事は、一枚ずつの紙をページの順にそろえて一冊にまとめる作業である。作業にあたっては丁合機という機械を使用する【原告臨時工】

丁合の仕事は、丁合機に紙を入れれば自動的にできる仕事であり、ミスが生じた場合に点灯するランプを見逃さなければ比較的簡単な作業であり、派遣社員でも支障なく行うことができる【被告若い役員】

臨時工は平成××年×月×日、二回目の脳内出血を発症した当時、定時を過ぎて仕事しており、丁合の仕事で間違いに気づき若い役員が臨時工を見たところ、ヨダレが出て口が思うように回らない状態であったため、事業主の指示で救急車を呼んだ。一一九番を呼んだ時間は午後八時九分であった【被告事業主、若い役員】

なお、この点、臨時工は二回目の脳内出血の発症時、仕掛の仕事があったため、定時である午後五時を過ぎても残っていたが、午後六時頃になり、若い役員が夕食の注文を聞きに来た際、家で食べるからいらないと断った。しかし、若い役員は残業するよう指示したので、やむなく夕食を取ることにした。臨時工は午後七時十五分頃、一つの仕事を終えると、急に頭が痛くなったので、若い役員に体の具合が悪いので休ませてほしいと頼んだが、若い役員は仕事が終わったら帰ってよいと言ってこれを拒んだ。臨時工は若い役員が『しるし』をつけていなかったため、ページを逆にしてしまったことに気づき、急いでこれを直そうとしていたところ、午後七時四五分頃、頭の中でプツンと切れたような感覚に襲われ、手に持っていた品物を落とし、ヨダレが止まらなくなり、救急車を呼ぶよう頼んだと述べている【原告臨時工】

しかしながら、臨時工が望まない残業を若い役員から命じられたという点について、若い役員は臨時工に残業を命じたことはないと明確に否定している。また、残業については事業主か古い役員が必ず指示を出していたと社員も供述している【被告社員】

また、事業主は、臨時工の身体のことを慮り、残業はさせたくなかったが、臨時工が仕事熱心で、切りのよいところまで終わるまで帰ろうとしなかったため、他の従業員もこれに付き合って残業していたと供述している【被告事業主】

臨時工の二回目の脳内出血発症当時、帰っている従業員もおり、従業員全員が残業していなかったことからも明らかなように特に急ぎの仕事もなく、特に残業させて終わらせな

ければならない仕事があったわけでもない【被告事業主】

★判決　事実および理由

『従って、臨時工が望まない残業を無理矢理やらされたという事実を認めることはできない』

五の三

【判決文　事実および理由を鑑識】

A　前書き【二度目の脳内出血なので厚生労働省の認定義準に照らして】を鑑識

【　原告私見　】最高裁で確定している、マツヤデンキ事件では『障害者の就労に企業が協力を求められる時代に、労働者本人が基準となるべきだ』と判示しているがこれは最高裁で確定した判決です。厚生労働省令は健常者が基準であって、健常者の、月四十五時間までの残業を高齢者および身体障害者に対応すること自体が最高裁の判決にも、労働法にも配慮していないことで、違法な判決と考えざるを得ません。

法は高齢者および身体障害者に対して『これらの者の心身の条件に応じて適正に配慮を行うよう努めなければならない。労働安全衛生法六十二条』と定めており、本件発症時、原告は六十五歳の高齢者であり、身体障害者四級で、臨時工の立場なので三六協定がなく、残業の割増給は一切支払わず、法定健康診断を十三年間に一度も行なわず、十三年間にわたり要請したのに一日たりとも有給休暇を与えてないことは、証拠のタイムカードおよび給与表が実証しているこの会社は、まともな経営者の仕事でなく、その分過剰なストレスとして原告に覆い隠されている。

それなのに、事業主が労働法で罰を受けず、厚生労働省令で護られるのは、一般の国民には理解できないことであり、これこそ【東京地方裁判所の風土】であります。

B　判決【若い役員は臨時工に残業を命じたことはないと明確に否定している】を鑑識

会社準備書2【五時半頃に事業主は全員に今日はこれで終わると指示したら、臨時工から「もう少しで区切りがつきますのでやらせてください」と述べ若干の残業を申し出たためこれを受認した】

私弁護士「夕食ですが、いつもあなたが注文しているのですか」

若い役員『僕がするときも、他の人がするときもありますが…そのときのことは覚えてないです』

私弁護士「この日あなたは夕食を取っていますか」

若い役員『仕事が…ちょっと鮮明には覚えていません。その日は社員も帰っています。忙しい状態ではないです。そんな状態で僕も自分の仕事がなく、そういう指示を出すなら自分で交替してできる立場です』

私弁護士「仕事がなかったなら、なぜ、あなたは代わらなかったのですか」

若い役員『……覚えていません』

私弁護士「具体的に残業命令をする権限を持っているのは誰なんですか」

事業主『私だけです』

私弁護士「若い役員が夕食の注文を六人分、午後六時頃取ったのでしょう」

事業主『そうです』

私弁護士「ということは、夕食の注文を取るということは、六人全員が残業の前提ですね」

事業主『はい』

【 原告私見 】 会社準備書2 事業主は『全員に今日は終わり』と言ったのに、事業主一族五人全員が残業が前提の夕食を取っていたことは、初めから【今日は終わりは、嘘話であることを証明している】そして残業を初めからさせることにしていたのです。

また、若い役員の言う残業命令は出してないということを信じたとしても、事業主は残業をさせるために、若い役員を隠れ蓑にして食事を取らせることで指示したのであり、そうでないのなら臨時工が夕食を取った理由が説明できないので不可解であります。裁判官は原告が食事を取らされた説明ができていないことで事実を見ていないことが説明できる。

C　判決【残業については事業主が必ず指示を出していると社員も供述】を鑑識

事業主『具体的に残業指示を出せるのは、事業主だけと明確に述べている』

会社弁護士「翌日の納期の物を、嘘をついて早くやれと臨時工に指示しましたか」

社員『嘘というのでなく、日にちを間違えたミスを指示しました』

私弁護士「あなたは正社員の立場で、臨時工に作業の指示をすることはありますか」

社員『あまり、ないですね』

【原告私見】このとき、事業主一族全員の五人がいるのに、この場にいない、事実が判らない社員の供述を証拠として採用しているのに、その説明ができていない。なぜこの場にいた事実が判る人間の話を証拠としないのか。また、この社員は臨時工に対して、指示することは【あまりない】であって、【まったくない】とは言ってない。このことは、事業主以外にも、例えれば若い役員も社員も、普段、指示していることを証明している。

D　判決『事件当日、事業主は、臨時工の身体を慮り、残業はさせたくなかったが、臨時工が仕事熱心で、キリのよいところまで終わるまで帰ろうとしなかったため、他の従業員もこれに付き合って残業していた』を鑑識

会社答弁書【事件の日の会社の構成は、事業主および一族が五人。正社員が三人、アルバイト及び臨時工が三人】

会社準備書2【定時に社員全員の三人が帰ったので、五時半に二人のアルバイトに帰宅を命じた。そして、五時半に事業主はこれで終わると全員に指示した。臨時工は『もう少しでケリがつくのでやらせてください』と述べて若干の残業を申し出たため、事業主はこれを受認した】

私弁護士「この日の七時から八時まで、あなたは何をしていましたか」

若い役員『仕事中に臨時工の具合が悪くなったということで支えに行って、病院に搬送された記憶はあります』

●裁判官【二百円減給になって、あなたとしては仕事を続けたかったのですか】

私『二百円無断で減額になって働く意欲はまったくなくなりました。減額前は三十分早く出て雑用をしていましたが、減額後は三分前しか出ません。自分から進んで仕事することはまったくありません。上司から指示されたことだけをするように努めました。この日の六時頃やっていた仕事は、明日の昼までの納期なので、今日中に丁合すると若い役員に朝、作業指示書を見ながら約束したから仕事をしていました。このときこの仕事が遅れて七時頃になりました。終わった時点で帰れると事業主は受認していました』

●裁判官【臨時工が脳内出血起こされたことを前提に、普通の社員と同じように働かせたということですか】

事業主『違いますよ。とにかく無理しないでくれと』

●裁判官【言うだけですか。それとも、何か具体的な行動は】

事業主『いや、それで本人が判りましたって』

【原告私見】判決の【切りのよいところまで終わるまで帰ろうとしない】は事業主の許可を取って若干の残業を受認した。この場合、若干の残業は五時が定時の時間と考えれば、夕食を食べない時間、七時までと考えるのが普通です。そのため、事業主が若い役員を隠れ蓑にして、私に残業させるために夕食を取ったことは事業主が明確に証言しています。

■じゃっかん、若干＝いくらか、少々／実用国語辞典／成美堂出版

このとき残っていた事業主は月額百万円、古い役員が五十万円、中の役員が四十万円、あと若い役員と運転手とで、五人分で二百五十万円以上になります。私は時給一千二百円（八時間×二十五日）＝二十四万円です。裁判官は二十四万円の臨時工に、十倍以上の二百五十万円の事業主一族全員がアゴで使われて困っていたと判断しています。

ものには表裏があります。二十四万円の臨時工に、二百五十万円以上の事業主一族が仕切られるということは、【職場環境維持義務放棄】であり、常時違法状態の職場であることを証明しているのが『ものの表』と裁判官は証明しています。また、『ものの裏』から臨時工を見た場合は、臨時工は仕事の間違いがない、会社にすぐ意見をする、残業命令に素直に従わない。臨時工は社員以上に仕事ができるので辞めさせることはできない。仕事

ができる嫉妬から、会社全体からのイジメを受けていたのであり、このことは【職場環境維持義務違反の事業主】は常時、臨時工に対して会社全体からのイジメを押しつけていたことが証明されます。

この判決の中で裁判官は【笑うことのできない、いい加減すぎる間違い】があり。真面目に原告にも裁判にも取り組んでいないのです。この事実は【他の従業員】です。ここには普通の他の従業員は一人もいません。五時半には社員全員三人とアルバイト二人は帰って、事業主一族全員五人と臨時工の私が残っていたことは事業主が証明しています。裁判官はこの人物【他の従業員】を証明しなければなりません。オソマツ。

E　判決【臨時工の二回目の脳内出血発症当時、帰っている従業員もおり、従業員全員が残業していなかったことからも明らかなように特に急ぎの仕事もなく、特に残業をさせて終わらせなければならない仕事があったわけではない】を鑑識

会社準備書【臨時工は日常的に医師にかかっているので、法定の定期健康診断は不要な状態であったことを、特に付言する。医師から残業中止の申し入れがあれば残業はさせな

かった】

原告私見【残業中止を法律によって命令できるのは健康診断の診断医であり、一般の主治医には残業中止命令は出せません。健康診断をしない会社には健康診断医の残業中止命令は永遠にないのです。このため、十三年間に懇願しても健康診断を受けさせず、永遠に合法で残業をさせていたのです】

私弁護士「証拠の血圧表を見て、なぜ、希望しない夜に残業をしたのですか」

私『七時以降は残業はできないと主治医の意見を伝えてあります。ところが、事業主はかってに私の好物のかつ丼を頼んで、食べなければ無駄になる、その分、お前の給料から食事代を差し引くと言われて、嫌々食べさせられた後で、夕食を食べたから残業しろということが、三回ほど続きましたが、一向に残業はなくならないので、無理矢理食べさせられてから残業した日に、血圧表に『ザ』をつけました』

私弁護士「このとき、あなたは身体障害者四級の認定を受けていましたね」

私『はい、残業なしの約束だけはしてくれますが、残業はさせられました』

私弁護士「会社証拠【元帳　福利厚生費】を示し、名前にマーカーがついていますね」

私『私にマーカーが九十九回、夕食後残業させられました。私と同じ回数は事業主と古い役員だけです。若い役員と正社員は全員、臨時工の私より残業が少ないのです』

私弁護士「ちなみに、帰らせてくれと言ったことはありますか」

私『あります。何十回も言っています。そう言うと嫌なら明日から来なくてよいと言われました』

会社準備書2【五時半過ぎに倒れて、他の従業員が救急車を呼んだ】

会社準備書5【五時半頃、気分が悪いと座り込んで脳内出血を発症した】

若い役員陳述書【親戚の運転手が「臨時工の具合が悪いみたいですよ」という声が聞こえたので臨時工の近くに行った。同時に事業主か古い役員が救急電話した】

若い役員『入口の近くの断裁機で仕事していました。臨時工は八メートルの丁合機で作業していまして、臨時工が具合が悪いというアピールを事業主と話をしていて、近くの運転手が僕に言ってきました。そのとき臨時工が倒れているのに気づき、すぐに支えに行ってから、事業主の指示で電話をかけました。また、七時から八時まで、臨時工の具合が悪くなったということで支えていました。病院に搬送された記憶はあります』

事業主『臨時工が倒れたのは、六時頃という記憶で署名捺印しました』

私弁護士「事業主はなかなか救急車の手配をしなくて、臨時工から俺を殺す気か、血管が切れたと言っていたのではないですか」

事業主『もう、判りましたから、すぐ電話、それから、若い役員に抱えろと、それで救急車が来るまでずっと抱えていました』

【 原告私見 】私はなぜ嫌な残業が前提の食事をしたのでしょうか？ 食事は電話で頼んだ者がいたから運ばれてきました。それで、事業主が【残業が前提で若い社員が頼んだ】と証言しています。しかし、裁判官はこの証言は証拠として採用してません。その代わりに、事業主の【特に残業させて終わらせなければならない仕事があったわけではない】が証拠として採用されていますが、私以外の、事業主一族全員五人が、なぜ残っていたのか、その説明が一切ありません。一族五人の食事は残業が前提ではないのです。事業主が残っているので一族全員帰れなかったのです。事業主は午前十一時過ぎに会社に来ます、事業主の時差は毎日半日あります。そのため、一族は帰れないので、私を無理矢理に足を引っ張って残業の生贄にしたのです。

F【裁判官が事実を俎上に載せなかった、原告が倒れた時間の流れ】を鑑識

会社準備書2　五時半　倒れて、他の従業員が電話
会社準備書5　五時半　臨時工が残業を申し出て倒れた
事業主陳述書　六時　運転手に手伝うように言ったら倒れた、古い役員に電話指示
事業主口述書　六時頃　倒れた時間の記憶で、署名捺印しました
事業主口述書　六時　もう判りましたから、すぐ電話、若い役員に抱えろと

全員六人夕食後　七時　全員に若い役員は休みは中止して、仕事にかかれと指示

若い役員口述書　七時　七時から八時まで、臨時工を支えた、搬送まで

若い役員陳述書　不明　運転手が具合が悪いという声を聞いて側に寄った、事業主が電話

若い役員口述書　不明　臨時工が具合が悪いと事業主と話していた、事業主の指示で私が電話をした

【救急隊の電話受信記録　　午後八時九分】

古い役員が自主的に電話。事業主指示はない。

現場にいたのは責任のある役員のみなのに。電話をしたことについては①他の従業員がした、時間は五時半　②事業主がした、六時　③事業主の指示で若い役員がした、不明　④事業主の指示で古い役員がした、六時。【事実は古い役員が自主的に電話した、八時九分】。責任のある立場の人間の内容があまりにもふざけ過ぎています。

会社が六時に倒れたことに、しがみつくのは、残業はさせてないと主張し、時間内の事件なので本人の責任であり、会社は責任がないと言いたいからです。これが十三年間真面

目に働いた私に対する回答なのです。しかし、この点については裁判官は一切触れていません。裁判所で本当の事実が判っては、何か困ることがあるからです。このことは普通の人間は考えては、いけないのでしょう。

ただ、事業主は六時に倒れたと署名捺印しています。それから二時間後に救急隊に電話したということが【職場環境維持義務違反】にならないのは理解できません。

★判決『臨時工が望まない残業を無理矢理やらされたという事実を、認めることはできない』

残業命令を出していない臨時工に、なにゆえ強制的に帰らせなかったのか。なぜ時給を払っているのか、なぜ残業を続けさせたのか。職場環境維持義務違反であります。

五の四

●脳内出血発症についての判決

A 【主治医（脳外科専門医）による医学的意見書】判決文より

『臨時工は、一回目の脳内出血で治療を受けた後、二回目の脳内出血を発症する平成××年七月三日の十年あまりの間、外来通院により血圧に対する薬物治療を継続しており、それにより臨時工の血圧のコントロールは十分に満足できるものであったと考えられる。

臨時工の血圧は、冬の期間を除けば、ほぼ収縮期血圧一二〇～一三〇Hg、拡張期血圧七〇～八〇Hgで推移していた。そのような状況の中で臨時工が二回目の脳内出血事故を起こした原因としては、急激に血圧が上がったことが考えられる。血圧が急に上がる原因として、本件ではストレスが考えられる。経験からしてもストレスによって容易に三〇～五〇Hg程度の上昇が起こる。臨時工とは十年あまり外来で診療しているが、非常に温厚な紳士であるが、二回目の脳内出血を発症する前日の受診の際には、残業がきついと述べるなど、残業がかなりの負担であったことがうかがえる。

また、臨時工から二回目の脳内出血を発症したときの残業にいたる経過や残業中の様子を聞くと、血圧をかなり上昇させる十分なストレスがあったことが判る。臨時工が二回目の脳内出血を起こしたのは、不本意な残業からくるストレスによって危険な状態まで上昇した血圧を放置して残業を続行したことによるものと考えてよい』

【判決文にない、主治医の意見書より】

臨時工は『いつも週初めは血圧が高い』ことに関して、『日曜が明けて会社に行く最初の日なので、会社に行くことがストレスになっている。また、寒い時期に血圧が高い傾向も十年あまり同様であった』。しかし、事実として再出血があり、血圧を上げないようにするためには、①減塩、②体重減量、③ストレスは早く解消、④アルコール抑制、⑤強い運動をしない、等が医学的に確定している。

二回目の脳内出血が発症した当時、血圧が十分にコントロールされていたことから、①②は問題ない、アルコールは飲んでおらず、激しい運動もしていない。残るは③のストレスである。ストレスがかかったときに分泌されるアドレナリンなどのホルモンは、最強の血圧上昇物質と言われていて、現代のサラリーマンの高血圧の大きな要因となっている。不本意な残業からくるストレスによって危険なまで上昇した血圧が続いていたのを放置して残業を続行したことによるものと考えてよいであろう。

B　【会社弁護士による脳内出血の意見書、会社準備書7】

イジメに関する臨時工の主張は、いずれも創作された作り話であり、虚偽である。

事業主は業務に関し臨時工の都合で出退勤および休息を認め、一切臨時工を拘束していない。現に臨時工は**一カ月に三、四日程度は平日の休み**を取っている。

臨時工の血圧の傾向は職場環境が良好である。臨時工の血圧表より出勤日を照合すると、出社している日よりも休みの日のほうが血圧が高い週があり、この意味でも「労働環境によって血圧が上がった」という臨時工の主張は事実に反することが判るのである（例えば、二月四日（月）、五日（火）は休みを取っているが、臨時工の血圧は四日（月）が一四九、五日（火）が一六三であり、出社した六日（水）が一五八、七日（木）の一四九、八日（金）の一四三よりも高い。三月四日（火）は休んで一五四、出社した五日（水）の一四〇よりも高い）。これは一例。

又臨時工の血圧表によれば、多くの週が、週の後半である木金になると血圧が下がっている事は、職場が臨時工の主張するようにイジメの行われる過酷な職場で過重な労働が強制されていたのだとすれば、このような数値にならないことは明らかである。週の後半に向けて肉体も精神も疲労を重ねるのが当然であり、血圧は逆に週後半にかけて高くならなければならない。そのため、会社の職場環境と労働条件は臨時工にとって悪いものでなかったことが逆に浮き彫りとなるのである。

C　★判決【二回目の脳内出血の発症について】

『しかしながら、上記の意見書は診察時における臨時工からの聞き取りを基に作成されたものであり、そもそも臨時工の供述は信用性を欠いていることである。そして、意見書は二回目の脳内出血の発症当時、臨時工は望まないにもかかわらず、若い役員から残業を命じられ、不本意な残業に従事していたということを前提にしているが、当時の実際の状況は、当時特に急ぎの仕事はなく、残業の必要性はなかったものの、臨時工が仕かかりの仕事を終えたいという希望があり、これを周囲の者がサポートしていたというものであるから、臨時工に特にストレスがかかっているような状況であったとも認めがたい。従って、意見書は臨時工のストレスを過剰に評価したものと言わざる得ず、これを採用することはできない』

D【原告私見】

主治医の意見書を本人からの聞き取りを基に作成されたのは、はなはだ遺憾です。意見書は主治医が最初の事故から十年以上にわたり、主治医自身が測定した血圧の最近一年間の毎月の測定値を記載しています。そのデーターに基づいて意見書は書かれており、裁判官は主治医に対し、私の主治医という偏見で初めから最後まで、信用できないという前提で見ています。医師としての名誉を傷つける行為です。

最初に脳内出血で倒れたときの【健康保険傷病手当金請求書】には『**持病**　高血圧で倒れた』と判決に書いてあります。しかし、この医師の本文には【持病】の二文字はありません。この二文字は裁判官による加筆による捏造文を証拠として採用しました。この意見書を書いた医師は、今回の事故の意見書を書いた医師と同一の医師であります。

最初の事故は【持病】の二文字を裁判官が加筆して、信用できる者として証拠採用しています。二回目の意見書は私が信用できないから、医師の意見書も信用できないと真実でなく『坊主憎ければ袈裟までも』の八つ当たりの証拠不採用です。同一医師の意見書で最初は信用ある。後のは信用ないという理由を、裁判官は丁寧に説明しなければ納得できません。

【主治医及び臨時工の血圧測定結果】

①二回目に倒れた最近一年間の外来での主治医の測定月日、②外来での主治医の血圧測定値、③自宅測定の月、④上に書いた月の平均血圧、⑤測定時の平均室温、⑥その他

①	②	③	④	⑤	⑥
七月三日	一三一	七月	一二三	二五度	
八月七日	一二〇	七月	一二三	二六度	
九月四日	一二三	八月	一二八	三一度	
十月二日	一一九	九月	一三三	二七度	
一一月六日	一〇七	一〇月	一三四	二一度	月曜高い

①	②	③	④	⑤	⑥
一二月四日	一二〇	一一月	一四〇	一六度	低温高血圧
一月八日	一三八	一二月	一四七	一二度	低温高血圧
二月五日	一三七	一月	一五四	九度	低温高血圧
三月四日	一二五	二月	一四九	九度	低温高血圧
四月一日	一四一	三月	一四三	一五度	低温高血圧
五月一三日	一四二	四月	一三八	一七度	低温高血圧
六月三日	一三〇	五月	一三〇	二一度	残業キツイ
七月一日	一三四	六月	一二五	二四度	

会社弁護士および裁判官は、常識である【低温高血圧】をまったく無視しているか、まったく知識が無いのです。二月五日は一六三だがこの測定時の室温は九度と書いてあるのに無視しています。また、三月四日は一五四で室温は九度であり、この日の主治医の測定は一二五で、まったく問題はない。主治医の測定に室温が書いてないのは、病院は一年

中冷暖房で変化のないことを教えてあげます。【白衣高血圧】という言葉が常識化されていますが病院に行くときや、病院で測定した場合は血圧が上がるのが常識です。会社の弁護士も裁判官も、私の血圧表の【低温高血圧】と【白衣高血圧】のときだけを拾って証拠にしています。

会社の弁護士にも裁判官にも相談できる医師はいないのでしょう。

【週の初めに血圧が高く、週末に下がること】で脳外科専門医の私の主治医は『日曜が明けて会社に行く最初の日なので、それがストレスになっている』これは医学書にも書かれている確定した学説です。会社の弁護士は「週の後半に向けて肉体も精神も疲労が重なるので、後半は高くなければならない」とおっしゃっています。しかし、これを説明する論文および学説書については何ひとつ会社の弁護士は説明していません。このことは、会社弁護士の医学とは関係ない、弁護士料のための話に過ぎないことは明確です。また、この弁護士の話に疑いもなく乗る、裁判官の事実を確認しない姿勢が一番の問題です。

【会社弁護士　会社は臨時工を一切拘束していない、現に一カ月に三～四日程度は平日の

休みを取っている　会社準備書7】を鑑識

【倒れる前の半年間の出勤状態】、①月、②脳内出血の治療、③区で行う健康診断および再診、④その他、⑤休み計、⑥**違法な法定外土曜出勤**、⑦休みマイナス違法土曜出勤

①	②	③	④	⑤	⑥	⑦
1月	定診1日		風邪1日	休2日	違法土勤4日	違法労働2日
2月	定診1日		大雪1日	休2日	違法土勤4日	違法労働2日
3月	定診1日			休1日	違法土勤4日	違法労働3日
4月	定診1日		強風1、トラック事故2	休4日	違法土勤2日	▲1日
5月	定診1日	健及び再診3	婚礼1	休5日	違法土勤2日	▲3日
6月	定診1日		忌引1日	休2日	違法土勤4日	違法労働2日

合計	定診6日	健診3日	7	休16日	違法土勤20日	違法労働4日

　会社は拘束なく自由に休みを取らせていると主張している。

　自由に休みを取らせているのであって、自由に有給休暇を与えているとは言ってない。事実、臨時工には十年以上にわたり、一日も有給休暇を与えていないことに、裁判官は違法とは認めていません。

　そのうえ、法律は【週四十時間労働】なのに、会社は『週六日四十時間以上の無制限労働』であり、事故前半年間の私の休み十六日に対して、法定外の違法土曜出勤が二十日でプラスマイナス四日も違法労働させていることに、会社弁護士も裁判官も目を瞑っていることです。そのうえ、喜んで土曜に出勤しているのでなく、解雇されないために嫌々出ていました。

　休みの中身について②最初の脳内出血より月一回の診察が求められ有給休暇を求めたが拒否された。③【法定健康診断】は会社の義務であるか、臨時工は会社で実施しないので休んで区の健診に参加。④冠婚葬祭も有給休暇は与えられない。そのうえ前もって話をしても「休むと解雇」が、怖くて仮病を使った、さすがに病気なら出てこいとは言わなかった。

最後に**法定外の土曜違法労働には、会社は1円も休日出勤手当は払っていません、**違法労働と割増給の不実施というさらなる違法行為を会社弁護士も裁判官も問題にしていないことです。ブラック企業は裁判官に護られる裁判所の風土なのです。

私は脳内出血で倒れた後、複数の医師から倒れたときの状況を聞かれました。医師達は自然に仕事が忙しくなったときには、人間は忙しいということを身体で覚え、自然に身体にバリケードができて、少しの異常でも身体に変化が出ないようにできていると言われました。

しかし、身体が暇と感じているときに、急に忙しい仕事が入ったときは、未だ身体にバリヤーができてないので些細なことでも、身体に異常が出てしまうそうです。私の場合、最初のときは帰宅のつもりのところに、十分な私が納得できる説明もなく無理矢理残業になったので、バリヤーのできる前に異常を身体が受けつけなかったのです。二回目も体の具合が悪い（メマイがした）と言ったのに、私が納得する前に残業させられたことにより、バリヤーのできる前に倒れたのでしょうと言われました。

そのため、私の脳内出血事故は、私が納得する前の【合意なき残業命令】により、バリヤーのできる前に残業を一方的にさせた会社の責任になると言われました。

病院でも暇なときに、急患が殺到して当直医が倒れることが多いのが問題になっているという話でした。

五の五

●退院　即　違法解雇

★**労働契約法**　第十六条【解雇】解雇は、客観的に合理的な理由を欠き、社会通念上相当であると認められない場合は、その権利を濫用したものとして、無効とする。

○**私陳述書**【この二回目の事故により、私は半年間の入院治療を余儀なくされました。この間、私の様子を妻からの電話で聞いていた事業主は、私の妻に「気が済むまで療養してくれ、傷病手当金も一年半は出るから」と言っていたのにかかわらず、事業主は私が退院した十二月の半ばより、半月後の十二月三十一日づけで労働基準監督署より、寝耳に水の【離職届】が自宅に届きました。そして理由は【自己都合】です。

自己都合は、私より会社に【退職届】が出てなければ成立しません。私が自主的に退職届を出してない以上、会社は私の意思にかかわらず、勝手に労働基準監督署に離職届を出したのでこの解雇は無効です。また、退職に伴い健康保険が変わったことにより、後一年間出ると言われた傷病手当金も打ち切られました】

●会社証拠【退職届と称する葉書】三カ月後の翌年二月一日づけで出した、健康保険に対する事務手続きの書面であり、同書面には【退職届】の文字は一字も書かれてないのに、会社の主張する【退職届】と解釈することは、一般常識では無理な話です。

●裁判官【　判決放棄　】

【臨時工私見】会社が『退職届』として提出した、証拠の葉書は二月一日づけであり、労働基準監督署より発行された期日は、前年の十二月三十一日である、『離職届』より、三カ月後に退職届が提出されたという、会社および裁判官の常識は、法にある【社会通念上相当であると認められない場合は、その権利を濫用したものとして無効とする】に当てはまるものであるので、裁判官が【判決放棄】をして、この事実を消極的に合法化させているいると解釈させようとしたことは、ブラック企業に配慮する『東京地裁の風土』なのです。

この場合、私は【退職届】を自己都合として出していません。

会社が私の手による【退職届】が出ていないときは【離職届、会社都合による】と書いて、解雇一時金を出すのが一般的であることは言うまでもありません。

六　裁判とは何なのか

六の一

●この裁判で考えなければならないこと

私は退院して、即、解雇されたことに深い憤りを覚えました。

会社準備書7【イジメに関する臨時工の主張は、いずれも創作された作り話であり、虚偽である】。仮に会社の主張するイジメはすべて嘘だとしても、これから述べる会社の違法行為はタイムカードや給与表の完全な証拠があるので、会社の違法行為は完璧に立証され、私は勝つと安心してました。それでは会社の違法行為を述べてみます。

①入社面接時に要請したのに『労働条件通知書』は拒否された。明確な違法行為

●**裁判官**【　判決放棄　】

②【強制労働の禁止】

会社証拠【十九年丁合日報】全文約二百字で、社員が臨時工に強制残業を指示した内容を具体的に説明している。なお、本証拠は会社提出であり証拠能力は高いのである。尚裁判官は二百字のうち『バカネ』の三文字だけを臨時工が正社員をイジメた証拠と理由の説明も無く、逆採用しているが、強制労働の明確な証拠である。

●**裁判官**【前回の判決「九年前の一回目の脳内出血〜これを認めることはできない」】

③【労働時間　週四十時間労働】

会社答弁書【正社員は週四日三十二時間労働を認めている】

私陳述書【私は法で定めた『週四十時間労働』を求めたが、拒否された】

●**裁判官**【　判決放棄　】

④【三六協定】合意書　無視　の明確なる違法残業

会社答弁書【三六協定はないが、全従業員の合意を得ていた】

【判　決】【三六協定を締結しないまま時間外労働をさせていたことは認められるが、事業主が残業を強要していた事実は認められない】　三六協定はなくても違法残業をさせていたことはタイムカードが証明しているが合法となる。

⑤【時間外、休日及び深夜の割増賃金】違反

会社証拠四号【残業は午後五時より十時までは割増手当は無支給。午後十時以降と休日出勤は五割増しで支給と、臨時工と確認し実行しました】

私陳述書【会社答弁書の内容と、一切話し合いはしていません。残業の割増給のないのは事実です。十時以降の深夜については、深夜残業はないという形を作るために、時給自体支払ってません。タイムカードが証明している、完全な違法労働でした】

●**裁判官**【　判決放棄　】

⑥【法定外土曜出勤】

会社準備書2【事業主は業務に関し臨時工の都合で出退勤および休息を認め、一切臨時工を拘束していない。現に臨時工は一ヵ月に三～四日程度は平日の休みを取っていた】

私陳述書【会社は拘束していないと主張しているが、法定外の土曜日の欠勤は、前もっての許可がなければ『解雇』の理由にされていた、割増給はつかない】

●**裁判官**【　判決放棄　】

⑦【年次有給休暇】

事業主口述『アルバイトは、前もって書類による許可願を出さないと、有給休暇は認めないことになっています』（この話しは、裁判所ではじめて聞きました）

【　判　決　】【有給休暇の不実施は臨時工には不当でない】

⑧【賃金台帳】

会社答弁書【臨時工は時給を二百円下げられたと主張しているが、会社には平成十七年までのデーターしか残存してないので、これを裏づける書類を提出せよ】

私証拠【タイムカードを提出したのに、それの説明のないのは違法行為である。『賃金台帳』は保存期間が法律で決まっており、書類なしは違法である】

●**裁判官**「臨時工に払った給与はどの位変動したかというのは、いま、この場であなたの記憶で話してもらっても不完全ですから、会社にある『賃金台帳』が、あるはずですから、ちょっと提出してもらえますか」

事業主口述『ええ、あります。提出します』実際は提出しなかった。

●**裁判官**【　判決放棄　】

⑨【安全衛生教育】安全器の使用説明及び安全教育の社員による確認

会社弁護士「安全器のスイッチについて臨時工に叱りつけましたね」

社員口述『嫌、そういう叱りつけるとか、やったことは記憶に有りません』

私弁護士「取説書には安全器のスイッチを入れろと書いてあるのに入れないのは」
社員口述『はい、しかし、作業を進めるうえでの速さを求めています』
私弁護士「臨時工にスイッチを入れるなと命令しましたか」
社員口述『はい、本人も安全器のスイッチを外して片手で作業していました』

【判　決】【社員がイジメていたという事実を認めることはできない】

⑩【中高齢者等についての配慮】
私弁護士「臨時工が身体障害者四級の認定を受け、手帳をもっていましたね」
事業主口述『嫌、それは存じてないです』
私弁護士「税務申告の障害者控除に、あなたは毎年事業主印を押していますね」
事業主口述『知りません。記憶にありません』
●裁判官「臨時工が脳内出血を、起こされたことを前提に、普通の社員と同じように働かさせたということですか」
事業主口述『違いますよ。とにかく無理しないでくれと』

●**裁判官**「言うだけですか、それとも具体的な指示はどうですか」
事業主口述『いや、それで本人が判りましたって言っていました』

私準備書8【厚生労働省の認定基準は、あくまで平均的な労働者を前提としており、高齢者や障害者にとっては、通常の時間当たりの労働の負荷は、通常の労働者よりも大きくなることはマツヤデンキ事件名古屋高裁の二二年四月づけ判決で『労働者は必ずしも平均的な能力がある訳でもなく、障害を抱える人もいる、障害者の就労に企業が協力を求められる時代に、労働者本人が基準となるべきだ』と判示しており、最高裁でも確定した判決であり、高齢者および障害者の配慮義務は確定している】

【判　決】【厚生労働省令は月四五時間まで残業は合法であり、他に配慮するものはない】

⑪【健康診断】
会社準備書5【臨時工から本訴訟以前に、主治医から残業禁止の話は聞いていない。仮

にそのような申し入れがあれば、会社は本人が強く残業を希望したとしても一切残業はさせなかった。また臨時工は月一回会社を休んで日常的に主治医にかかっていることから、一般的な定期健康診断は、不要な状態であったことを強く付言する】

【判　決】【臨時工に健康診断を受診させる措置を講じていなかったことは認められるが臨時工だけを不当に取り扱ったと評価できるものでない】。労働基準法【均等待遇】違法行為だけど合法となる

⑫【労働契約の内容の理解の促進　書面確認】

私陳述【会社は時給二百円切り下げた事実はないというので、証拠としてタイムカードを提出しました。値下げについての文書を会社は出す義務がある】

事業主口述『時給を二百円下げたのは、社員が臨時工に言って、それで文書としてタイムカードに書いて、臨時工は判りましたと言ったと社員より聞いています。また、このことで臨時工とは話をする必要がないので話していません』

【判　決】【事業主が臨時工の賃金を減額したことは認められるが、臨時工に対するイジメと評価することはできない】

⑬【労働者の安全への配慮】

私陳述書【危険な紙を切る断裁機の『安全器』のスイッチを入れることは法で定められているが、会社はスイッチを入れることを禁止している。そのため片手での操作を余儀なくさせられたのである】

社員口述『安全器を入れないのは、作業の速さを優先しているからです』

●**裁判官**【判決放棄】

⑭【違法解雇】

私弁護士「会社回答で答えている四回以上解雇したことは間違いないですね」

事業主口述『私は四回以上あると思います』

私弁護士「解雇は、懲戒解雇か、それとも通常解雇ですか」

事業主口述『指示に従わないとき、普通に辞めてくださいと』
私弁護士「じゃ、単にイジメで辞めてくれと言っただけ」
事業主口述『そうですね』
私弁護士「法定の、解雇ではなかったのですか」
事業主口述『いや、解雇の手続きはしていません。指示に従わせるためです』

【判　決】【事業主が、臨時工を不当に扱っていたというような事実は、認められない】

私陳述書【この二回目の事故により、私は半年間入院生活を余儀なくされた。私の妻からの電話で、事業主は『気が済むまで療養してくれ、傷病手当金も一年半は出るから』と言っていたのに、退院した十二月の十五日より半月後の十二月三十一日で、労働基準監督署より、一方的に【自己都合による離職届】が送付され解雇されたことを知りました。そのため、傷病手当金も半年で不払いとなりました。会社は解雇一時金を払っていません】
会社証拠【退職届としている、翌年二月一日付けの臨時工の妻の、事務連絡用の手紙】
私陳述書【同手紙は事務連絡のため、会社に出したもので、どこにも退職願の姓名印鑑および代筆者の姓名印鑑関係が記されていない。退職願は退職の前に会社に出すのが、我が国の常識なのに、離職届の三カ月後の葉書を、退職願と評価するのは明らかな違法すぎます】

●裁判官【判決放棄】

六の二

★判決言渡　主文

【被告は、原告に対し、二十万円弱及びこれに対する平成二×年×月×日から、支払い済まで年一四、六パーセントの割合による金員を支払】

これは時効までの時間外割増賃金の未払い分の請求です。不思議なのは【時間外割増賃金の未払い分の請求】と書いてないことです。この判決ですと、言葉の遊びで違法残業行為はないということになりました。入社面接で『残業の話は出ていない』。三六協定については従業員との合意があった（書面でなく、違法な口頭）。

しかし、私は三六協定は聞いていませんから残業の合意はないと裁判官は判断していま す。私の時給は千二百円で（八時間×違法な週六日の二五日＝二百時間）で月額二十四万円ですが、実際にはこの金額の五割増しの金額の労働をさせられていました。この余分な分の支払いは残業でなく、あくまで平常労働の延長での支払いで、時間外割増賃金の支払いと判断していないことです。その為、主文に違法残業労働の支払いとなってないのです。

これは東京地裁の風土なのです。


裁判官は最初の脳内出血の原因として【持病　高血圧症による脳内出血】と判断しています。この主治医は、私の治療が始まってからの付き合いです。そのため、私が持病ということは医学的に証明できません。高血圧症の持病を証明できるものは、法定健康診断書だけですが、会社は十三年間に一度も受診させていません。

その結果、『持病　高血圧症による脳内出血』のうち【持病】の二文字は裁判官による常識を疑う加筆です。法律に拘束されないのが東京地裁の風土です。

裁判官はこのとき、会社復帰の条件として、私が会社に提出させられた『脳内出血になった経過と要因レポート』の一番大切な部分を裁判官自身が捏造して採用しました。
私の原文　「医師から原因を必ず思い出してくれ、治療上大事だからと言われ」
裁判官の捏造文『医師から治療上大事なことだから当時のことを思い出すように言われ』
一番大事な【原因を必ず】を差し替えて、臨時工の供述は信用できない。臨時工は信用できないので臨時工が提出した主治医の意見書も採用することはできないとされました。

二度目の脳内出血のときには、事業主が法廷で『臨時工に残業させる目的で、若い役員が臨時工の夕食を取った』と証言。また若い役員は『七時から八時まで、臨時工を支えており、支えながら救急車に電話した』と証言。しかし、判決は【若い役員は残業を命じていない。臨時工が仕事熱心なので、他の従業員もそれに無理矢理手伝わされた。従って、臨時工が望まない残業を無理矢理やらされたという事実を認めることはできない】が証拠として採用されています。ただここに出てくる【他の従業員】です。このとき、現場にいたのは事業主、古い役員、中の役員、若い役員、親戚の運転手の事業主一族の五人だけで、判決文に書かれている【他の従業員】は一人もいません、その一番ネックとなる人物を裁判官は未だ証明していません、即ちその人物は初めからいない幽霊なのです。

私の脳内出血は、証明できない人間によって裁判官より、法律による手続きを得ることなく、裁判官の都合で証明されたことになりました。

何で裁判官は法律に拘束することなく判決が出せるのか。労働法違反の数々。裁判官自身による証拠の加筆や捏造。会社の証言で事実を組み立てない仮想事実を証拠としての採用。ドラマを見ると裁判所はまともでないと出てきます。でもこれはテレビの世界と思っていました。自分の裁判で法律に拘束されない裁判を初めて知りました。

では、なぜこのようなことが裁判官だけができるのか考えてみました。

六の三

私は大学時代、能楽研究会に籍を置き、謡、仕舞、舞囃子に努めました。そして、創始者の世阿弥元清の［風姿花伝書］を何回も読みました。裁判が終わって一年が過ぎた頃、なんとなく［風姿花伝書］を紐解きました。そこで久しぶりに【初心忘るべからず】に再会いたしました。【脳内出血の時の初心】【入院の初心】【裁判の初心】【判決文に遭ったときの初心】。そのとき、そのときで心は動揺しています。

法律の原点である、日本国憲法を私はなぜ、今まで読まなかったのだろうか、裁判官の理解できない判決も憲法を読んでみれば、何か理解することがあるのではないか。

★**日本国憲法**第二十七条②【勤労条件の基準】賃金、就業時間、休息その他の勤労条件に関する基準は、法律でこれを定める。

憲法は労働の基準は法律で定める。と記されていますが、私の裁判は法律で裁かれておりません。私が久しぶりに会った友達に「十三年間、アルバイトの臨時工で働いた会社では、残業を断ると『解雇』を言い渡されるので、嫌々残業をしても、割増手当はたったの一回もつかず、法定健康診断は頼んでも十三年間に一回もなかったので、自分が高血圧になっていたことを知らずに働いていたら、強制残業中に二回にわたり、高血圧が原因の脳内出血で倒れて、退院後にクビになったよ」

そう言うと友達は、「そんなバカな、今時健康診断をしない会社なんて聞いたことがない。裁判所に訴えなよ。そんな不法は通らないよ」と言ってくれます。

私は「東京地裁に訴えたが『不当でない』の五文字で法律に拘束されずに負けてしまったよ」と言いますと、友達は皆『法律で裁かれないのは、裁判所がおかしいんじゃないか』と言ってくれます。

■裁判＝訴訟を審理して、法律に基づき判断を下す事／実用国語辞典／成美堂出版

この友達の反応は一般国民の反応です。辞典にも法律に基づきと記載されています。それだけ、東京地方裁判所の風土は、一般国民の常識と違うのです。友達は【東京地裁の常識は、一般国民の非常識】と言ってくれました。

判決文に『会社のイジメや、事業主の臨時工に対する【不当な取り扱い】これを認めることはできない』と何回も出てきます。しかし、不当な取り扱いの基になる、違法行為についてては、ひとつも取り上げません。原因を断って、結末だけを使っています。

会社の法律違反の行為は、それ自体が不当な扱いなのに、裁判官は会社の法律違反はす

べて違法と判断しておりません。此処には、法律という文字さえないのが東京地裁の風土なのです。

国民が不当と思う事実が、法律の下で拘束されない裁判所の解釈はどこから生みだされるのでしょうか。この裁判官一人だけが異常なのではないと思っています。このことは、東京地裁に潜んでいる、集団的な永い忖度だと考えれば理解できます。この判決は東京地裁の関係者の基になる人物が、昭和の昔より長い間、次から次へと綿々と継承されたものと思うと理解はできます。

『会社は臨時工に対して十三年間に、一銭も割増手当を払わない、法定健康診断の皆無、有給休暇を一日たりとも与えなかったこと』

この違法事実を裁判官は頭の中で「ことば」として読むのではなくて、こころやからだで体感してもらえる人間として、なぜ理解してもらうことができなかったのでしょうか。

憲法と法律と社会秩序の維持を国民の一人として、普通の人間として誠実に考えてくれたことがあるのだろうか。私たち一般国民にとって最後の砦は【裁判所】です。

裁判官は一般の有給休暇の他に、特別な休暇をもらっています。それだけに、裁判官は特別な待遇の人種とカン違いしているのではないだろうか。そのため、逆に、血も、涙もない、判決が出せるのです。

裁判官がどうして憲法、法律に拘束されない判決を出せるのか。法学部の出身でないので判りません。しかし、法学部の出身としても憲法や法律を守らない裁判官を教えるはずはないでしょう。

法の原点の憲法および法律を知ろうと思って『初心』にかえって日本国憲法を読んでいました。

読んでいて第七十六条の③【裁判官の独立】を知りましたが、何か宙ぶらりんの感じがしました。そしてその先、第七十九条【最高裁判所の裁判官の国民審査】を読んでなんとなく納得が行きました。第七十六条【裁判官は独立してその職権を行い】で裁判官はどんな判決でも出せると勘違いしているのではないでしょうか。

■独立＝他から助力も支配も受けないで独り立ちすること／実用国語辞典／成美堂出版

この、裁判官の独立は何ものにも関与されないと考えるのには無理が生じます。国民全体の許される範囲内での独立でなければなりません。即ち、国民からチェックを受ける最高裁判所の裁判官だけに許された権利ではないでしょうか。頭に何の重しもない裁判官が憲法や法律に拘束されないはずはないです。国民審査のない裁判官は憲法および法律に拘束されなければ不合理です。また、裁判官の独立が認められているとしても、一番肝心な臨時工の証拠書類を、捏造して証拠に採用することはできないはずです。この裁判官の捏造判決は犯罪行為であり、裁判詐欺です。

『鹿を追う猟師は、山を見ず』という諺があります。本裁判官は何としても、どのような方法を執ろうとも悪徳ブラック事業主のためになろうとしたのではないでしょうか。その理由はブラック事業主側は某団体に入っています。本裁判官もこの某団体の関係者の一人ではないかとふっと頭の中に浮かび上がってしまいました。それを良心と言うのなら。どうか憲法第七十六条を**【国民審査のある裁判官は、その良心に従い独立してその職権を行い、国民審査のない裁判官はこの憲法および法律にのみ拘束される】**と改正すべきです。

会社でわれわれ臨時工は食事のとき、手を合わせて食事できる喜びに感謝します。しかし、会社の上の某団体の人達は一人として手を合わせません。毎日いばっていても感謝する心はないのです。社員の仕事は役員へのゴマすりだけです、それでは本当の仕事はできません。社員は仕事をしないほうが間違いがないのです。それだからこそ、裁判になると全員が嘘八百の世界です。仲間同士は大切にしていますが、その仲間同士は信頼はしていません。『かんのんさま』と違って某団体に行くのにはアポイントを取らないといけないそうです。そのうえ、仁王門でなく、金属探知機の門をくぐらないと中には入れないとマスコミが報道していました。

このことは、この団体が既に組織防衛に入っていることの表れです。

〔判決〕

「原告に対する苛め行為自体を認めることができず、苛めや不当な取扱いを理由とする「安全配慮義務違反、職場環境整備義務違反は認められない」と記載しております。

国は労働法で労働者を守ります。株式会社は労働の基準として「就業規則及び作業標準書」で事業者も労働者も拘束されます。

この裁判では一言も「就業規則」が述べられていません。この事は労働の基準が事業主、役員、社員のその時の思いつきなのです。

「安全及び職場環境維持義務」の中身が一つも見えない事です。

会社の意志に沿わない事は全てにわたって、違反行為はないと判断しています。

私の訴えた「高齢者及び身障者配慮義務違反」については裁判官が事業主より「事故後は注意するように言った。具体的な行動はない」と引き出しており、会社はなんらの配慮もしていないことが判っているので配慮については、厚労省令の45時間内の残業なので違反でないと判断しています。

結局我々労働者は裁判官には守られず、ブラック事業主は堅く守られてホワイトになるのです。この事実を必ず忘れないで働いて下さい。


いま、定年後七十歳まで働けと言われています。ただし、それまで守ってくれるとは言っていません。私は六十五歳で残業中【メマイ】がしたので、残業を止めてもらいたいと頼みました。「残業しないのなら、辞めろ」と言われて残業中に脳内出血で倒れてから約三十分も救急車を呼ぼうとしなかったので、身体障害者一級の身体になりました。

最高裁では「身体の状況によって一人一人働く基準は変わる」と判決が出ています。私の判決では、厚生労働省令は月に四十五時間の残業は【不当ではない】ので残業は合法と判断されました。弱い労働者は法律では守ってくれません。

私はこのとき、残業を辞めて会社を解雇させられてから、翌日、労働基準監督署へ不法労働行為で訴えるべきでした。私は他に働く場所がないという思いに負けてしまいました。働く場所があればブラック企業はとっくの昔に辞めています。

これからは定年後でも七十歳まで働く時代です。皆さん、国は、裁判所は労働者を守ってくれません。危ないと思ったら自分から辞める勇気をもって働いてください。

【自分の身体を守るのは、自分だけです】

【危ないと思ったら、自分から辞める勇気をもちましょう】

【普通より時給の高い企業はブラックと考えてみてください】

【就業規則を開示しない会社はブラックと考えてください】

著者プロフィール

宿東 伍望（やどひがし ごほう）

太平洋戦争中に山手線の外側の下町で生まれ育つ

53歳３月　都内の製本会社に臨時の職人として就職

56歳７月　最初の強制残業中の脳内出血、救急車で緊急入院

　　９月　【脳内出血レポート】提出後復職。四級身体障害者

65歳７月　二度目の強制残業中の脳内出血、救急車で緊急入院

　　12月　中旬に退院

　　12月　下旬、労働基準監督署より、自己都合による離職届が来る

　　　　　勝手に解雇される。リハビリ始める。一級身体障害者

67歳１月　東京地方裁判所に訴状提出

69歳３月　判決言い渡し

72歳　　　産経新聞の文芸社の広告を見て、裁判の内容をまとめ始める

　　　　　パソコンを購入し一字一字麻痺している右手の人差し指で入力

75歳８月　書き上げる

ジジイの労災無法ものがたり

2020年３月15日　初版第１刷発行

著　者　宿東 伍望

発行者　瓜谷 綱延

発行所　株式会社文芸社

〒160-0022　東京都新宿区新宿１－10－１

電話　03-5369-3060（代表）

03-5369-2299（販売）

印刷所　株式会社フクイン

ISBN978-4-286-21466-5